LE LIBERTINAGE AU XVIIe SIÈCLE

CLAUDE DE CHAULNE

a

LE LIBERTINAGE AU XVIIe SIÈCLE

(Série complète)

I. — Le Procès du poète Théophile de Viau (11 juillet 1623-1er septembre 1625), publication intégrale des pièces inédites des Archives nationales; portr. et fac-simile, 2 vol. in-8, de XLVI, 592 et 448 pp. Tiré à 500 exempl. numérotés.

Ouvrage honoré d'une souscription du Ministère de l'Instruction publique. Prix Saintour, (Académie française), 1910.

II. — Disciples et Successeurs de Théophile de Viau. La Vie et les Poésies libertines inédites de Des Barreaux (1599-1673) et de Saint-Pavin (1595-1670). In-8 de XIV et 551 pp. Tiré à 500 exempl. numérotés.

III. — Une seconde révision des Œuvres du poète Théophile de Viau (corrigées, diminuées et augmentées), publiée en 1633 par Esprit Aubert, chanoine d'Avignon, suivie de pièces de Théophile qui ne sont ni dans l'édition d'Esprit Aubert (1633) ni dans celle d'Alleaume (1855), In-8 de 155 pp. chiff. Tiré à 205 exempl.

IV. — Les recueils collectifs de poésies libres et satiriques publiés depuis 1600 jusqu'à la mort de Théophile (1626). Bibliographie de ces recueils et bio-bibliographie des auteurs qui y figurent donnant : 1° L'historique et la description de chaque recueil. — 2° Les pièces de chaque auteur (titre et premier vers). — 3° Une table générale des pièces anonymes avec le nom des auteurs pour celles qui ont pu être attribuées. Suivie du dépouillement de plusieurs recueils imprimés et manuscrits, etc., etc. In-4 de 8 ff. et 601 pp. chif. Tiré à 305 exempl. numérotés.

Mention très honorable (Prix Brunet, 1915) de l'Académie des Inscriptions et Belles-Lettres.

Id., id. Supplément. Additions et corrections, 1922. In-4 de 97 pp. Tiré à 255 exempl.

V. — Les Œuvres libertines de Claude Le Petit, parisien, brûlé le 1er septembre 1662 : *L'Escole de l'Intérest, L'Heure du berger, Le Bordel des Muses (Paris ridicule, etc.)*, précédées d'une notice biographique. In-8 de LVII et 242 pp. Tiré à 200 exempl.

VI. — Les Chansons libertines de Claude de Chouvigny, baron de Blot-L'Eglise, avec leur musique, notice biog., etc. In-8 de XLVIII et 145 pp. Tiré à 280 exempl.

VII. — Mélanges : Trois grands procès de libertinage : Geoffroy Vallée (1573), Jean Fontanier (1621), Michel Millot et Jean L'Ange (1655). — Beaumont-Harlay et mademoiselle de La Haye, 1607. — Claude Belurgey et les *Quatrains du Déiste* (1620), etc., etc. In-8 de 315 pp. Tiré à 227 exempl.

VIII. — Les Œuvres libertines de Cyrano de Bergerac, précédées d'une notice biographique. Tome premier. *L'Autre Monde* : I. *Voyage dans la Lune*; II. *Histoire comique des Estats et Empires du Soleil.* Première édition contenant les passages supprimés d'après les Mss. de Paris et de Munich. — Tome second. *Le Pédant joué*, texte du Ms. de la Bibl. Nat. ; *La Mort d'Agrippine, Mazarinades, Lettres*, texte du Ms. de la Bibl. Nat. ; etc. 2 vol. in-8 de CLIX, 205 et 335 pp. Tirés à 502 exempl.

Prix Saintour (Académie française), 1922.

IX. — Disciples et successeurs de Théophile de Viau. Les Œuvres de Jean Dehénault, parisien (1611 ?-1682), précédées d'une notice et suivies de *Mélisse*, tragi-comédie. In-8 de LII et 135 pp. Tiré à 227 exempl.

X. — Les Successeurs de Cyrano de Bergerac : Gabriel de Foigny et *La Terre australe connue*, 1676 : Denis Veiras et l'*Histoire des Sévarambes* (1677-1679) ; Claude Gilbert et l'*Histoire de Calejava* (1700), etc., etc. In-8 de XVIII et 279 pp. Tiré à 302 exempl.

XI. — Disciples et successeurs de Théophile de Viau. Les Derniers Libertins : François Payot de Lignières ; Madame Deshoulières et ses poésies libertines, etc. ; Chaulieu, ses poésies libertines, etc. ; La Fare, ses poésies libertines en partie inédites, — avec notices bio-bibliographiques, suivies des Lettres libertines en vers de Claude de Chaulne In-8 de XVI et 412 pp.. Tiré à 277 exempl.

LE LIBERTINAGE AU XVIIe SIÈCLE

LES LETTRES LIBERTINES EN VERS
DE
CLAUDE DE CHAULNE

Président du Bureau des Finances de Dauphiné

PUBLIÉES PAR

Frédéric LACHÈVRE

PARIS
LIBRAIRIE ANCIENNE HONORÉ CHAMPION
Edouard Champion
5, Quai Malaquais

1924

LE LIBERTINAGE AU XVIIe SIÈCLE

LES LETTRES LIBERTINES EN VERS

DE

CLAUDE DE CHAULNE

Président du Bureau des Finances de Dauphiné

PUBLIÉES PAR

Frédéric LACHÈVRE

PARIS
LIBRAIRIE ANCIENNE HONORÉ CHAMPION
Edouard Champion
5, Quai Malaquais

1924

TIRAGE A PART

à

50 exemplaires

de

l'Appendice à l'ouvrage :

Les derniers Libertins du XVIIe *siècle*

LE MANUSCRIT DES LETTRES EN VERS DE CLAUDE DE CHAULNE

C'est Ch. Nodier qui, par une spirituelle notice insérée au *Bulletin du Bibliophile*, année 1836, a fait connaître l'existence du manuscrit des lettres en vers de Claude de Chaulne :

« On lira bien des bibliographies sans y trouver le moindre renseignement sur le poète dont je parle. Tout ce qu'il est possible d'en dire avec quelque certitude, c'est qu'il était de l'illustre famille de Chaulne et probablement cousin du maréchal Honoré d'Albert, duc de Chaulne, et du connétable de Luynes; qu'il florissait vers le milieu du XVIIe siècle, et qu'il faisait des vers pour son plaisir sans y attacher d'autre importance. Ce qui m'étonne, ce n'est pas qu'on ait oublié un poète de ce caractère; mais qu'on sache si peu de chose d'un homme de cette qualité qui a daigné se mêler de poésie c'est jouer de malheur. L'obscurité totale dans laquelle il est tombé, est d'autant plus extraordinaire, qu'il paraît avoir joui, de son vivant, d'une certaine réputation dans un monde fait pour l'apprécier. Du fond du Dauphiné, où il faisait son séjour, Claude de Chaulne correspondait avec la duchesse de Chaulne, le duc de Saint-Aignan, Hugues de Lyonne et le surintendant Foucquet, gens, comme on sait, de fort bonne compagnie, auprès desquels il était sur le pied de la privauté la plus familière. Le manuscrit singulier dont je suis chargé de vous entretenir est le dépôt de cette correspondance rimée qui n'a vraiment rien de diplomatique; il contient des lettres de notre poète, et nombre de réponses de ses nobles amis qui luttent avec lui de verve et de bouffonnerie dans ce commerce d'esprit. On n'ignore pas que François de Beauvillier, duc de Saint-Aignan, l'homme le plus poli et le plus galant de France, faisait la cour aux Muses avec quelque succès, et que c'est lui qui inspira au grand roi l'idée de donner des récompenses aux gens de lettres. Ils lui doivent bien quelque souvenir, ne fût-ce que pour la rareté du fait. Les grands seigneurs ou les grands citoyens de notre époque (c'est absolument la même chose) ne lui envieront pas cette illustration; mais les pauvres auteurs et les auteurs pauvres lui savent gré de l'avoir méritée. Or on trouve ici deux ou trois cents vers du duc de Saint-Aignan qui n'ont jamais été imprimés. Cette découverte aurait certainement fait sensation dans le siècle de Louis XIV : le nôtre est plus avancé, je n'en parle que pour mémoire.

» Si je m'en rapporte au goût des amateurs, qui paient au poids de l'or, et quelquefois davantage, de petites rimailles vermoulues dont la seule recommandation est d'être imprimées en lettres sales et bancroches, par Philippe Pigouchet, Simon Vostre, Alain Lotrian, ou Jehan de Channey, et dont je partage, d'ailleurs bien sincèrement, l'innocente manie, le mérite littéraire de Claude de Chaulne n'a pas grand'chose à faire dans mon article. Ce qui leur importe de savoir, c'est qu'on ne connaît pas deux copies de son livre, et qu'il n'a pas, que je sache, figuré jamais dans une vente publique. C'est cela qui est un titre d'honneur pour un poète. Il faut cependant que je dise deux mots du mien, sous le rapport littéraire, pour l'acquit de mon ancienne profession de critique, qui ne m'a jamais rapporté, autant de plaisir, tant s'en faut, que mes fantaisies de Bibliomane. Cela sera bientôt fait, et je suis d'autant plus à mon aise, cette fois, pour prendre le ton tranchant du feuilleton, qu'il m'est positivement démontré que je n'aurai point de contradicteurs.

» Le siècle de Louis XIV est un siècle de grande poësie, quoiqu'on en dise; les tragédies et les comédies n'étaient pas trop mauvaises pour le temps. Il n'en est pas tout-à-fait de même de la poësie familière et pédestre. En exceptant La Fontaine, le poète par excellence, elle y a été fort mesquine. C'était bien pis encore vingt ou trente ans avant lui, c'est-à-dire dans la période de Claude de Chaulne et de Saint-Aignan. La mauvaise école de Scarron, qui a son côté séduisant, avait alors tout gâté. Le burlesque qui était le romantique de ce temps-là, comme le romantique est le burlesque du nôtre, avait gagné les meilleurs esprits : car Sarrazin et Voiture n'en sont pas complètement exempts. La province ne manquait pas d'enchérir, suivant son usage, et il serait bien possible que notre Claude de Chaulne n'eût été que le Scarron de la province comme Saint-Aignan était le Scarron de la cour. Le propriétaire à venir du manuscrit en jugera selon son goût et fort à son aise. Je ne suppose pas, du moins, qu'on le fasse imprimer. Oh! ce serait une étrange publication aujourd'hui que celle des *Poésies de Claude de Chaulne*, poésies *intimes*, pourtant, s'il en fut jamais, mais non pas de ce genre *intime* qu'on exploite pour les autres, et dans le seul but de leur faire croire qu'on est infiniment sensible, infiniment triste et infiniment chrétien. Il m'est bien démontré que le poète dauphinois n'était rien de tout cela. Je ne dis pas non plus qu'il fût poète.

» Claude de Chaulne était un homme de beaucoup d'esprit, qui faisait des vers avec une incroyable facilité, comme un avocat fait de la prose. On peut supposer qu'il avait à peu près le genre de vie d'Anacréon, dont il est loin d'avoir la grâce. Tout entier au vin et à l'amour, il ne parle ni de l'un ni de l'autre en épicurien délicat. Son ivresse est celle d'un Suisse, et sa volupté celle d'un mousquetaire; ses qualités seules peuvent faire passer ses défauts; elles feraient, de nos jours, la fortune d'un auteur comique, s'il en revenait quelques-uns. Il est naturel, quelquefois jusqu'à la trivialité; il est gai, souvent jusqu'à la folie, mais il y a là deux points reconnus qui me semblent d'importance : il est naturel et gai.

» Ce qu'il y a de plus piquant dans les poésies de Claude de Chaulne, c'est l'idée qu'elles donnent de la société au milieu de laquelle il vivait, et, sous ce rapport, elles formeraient un appendice fort curieux aux *Mémoires* de Tallemant des Réaux. Théophile, Sigogne et Motin ne sont pas plus cyniques, pas plus effrontés en paroles que Claude de Chaulne, et Claude de Chaulne s'adresse à des gens de cour qui lui répondent sur le même ton. Chose plus bizarre encore! il libelle une épître à la belle madame de Revel, et cette épître est d'un style qui ferait jeter les hauts cris aux figurantes dans les coulisses d'un petit théâtre. Vous croyez que madame de Revel va se fâcher, se mettre en fureur? pas du tout! madame de Revel, qui rime aussi, et fort agréablement, je vous en réponds, riposte à cette boutade facétieuse par une épître encore plus grivoise. Il est impossible de mieux prendre la plaisanterie. Voici une lettre en vers à madame la duchesse de Chaulne, la maréchale de Chaulne, la grande parente de la branche aînée. Vous attendez du sérieux : erreur; il s'agit d'intéresser madame de Chaulne aux amours de son cousin Claude pour une servante à elle, une servante dont il est fou, une servante, c'est le mot; et on comprend assez, sans qu'on le dise, le but de l'amour de Claude de Chaulne pour une servante. En vérité, nous nous targuons un peu légèrement de notre perfectibilité. Les mauvaises mœurs ne sont pas un progrès. On ne peut pas tout faire à la fois.

» Un travers plus rare, au siècle de Claude de Chaulne, que le libertinage de mœurs ou la débauche, c'était le libertinage d'esprit ou l'incrédulité; mais Claude de Chaulne n'était pas homme à s'arrêter à moitié chemin. Sceptique moqueur de cette école de Des Barreaux et de Saint-Pavin, qui est devenue celle de Fontenelle et de Saint-Evremont, d'où est sortie celle de Voltaire, il a toute croyance en dédain, et ne parle de Dieu et de ses saints que pour les tourner en ridicule par des persifflages qui auraient fait envie à Parny. Il ne manque donc rien à son bouquin, si longtemps inconnu, de ce qui peut piquer la curiosité des amateurs de vieilleries prohibées ; car si le Ciel n'avait pas voulu qu'il restât ce qu'il est, selon toute apparence, un livre *unique*, il ne serait jamais sorti de la classe des livres *rares*, où le bon sens de nos aïeux retenait prudemment les mauvais livres. Je dois déclarer, cependant, que ces débauches d'imagination ne vont jamais jusqu'à la grossièreté ni jusqu'au blasphème, et qu'elles ne passent guère les limites d'un badinage indécent. Je me ferais scrupule de trop promettre.

» Je viens de dire que le manuscrit de Claude de Chaulne était probablement unique, et j'en suis, quant à moi, fort convaincu. Il n'est pas toutefois autographe, et l'auteur déclare lui-même qu'il est d'une autre main que la sienne; c'est-à-dire, si je ne me trompe, de celle d'un domestique peu lettré qui écrivait sous la dictée, au courant de l'improvisation, et dont Claude de Chaulne se souciait peu de revoir la besogne, quand sa veine était tarie. L'écriture en est parfaitement lisible, et l'orthographe correcte; mais le texte est souvent gâté par les fautes d'intelligence d'un scribe qui entend mal et qui met un mot pour un autre sur la foi d'une consonnance. Ce genre de distraction, qui ne peut se confondre avec les fautes d'un copiste, atteste la manière dont ce volume est composé. Il demande donc une bonne page d'*errata*, ou quelques douzaines de corrections interlinéaires; mais ce ne serait là ni un travail difficile ni un travail ennuyeux; car aux scrupules près qu'il faut vaincre pour y prendre plaisir, la lecture en est fort divertissante.

» Cet in-folio, de cent feuillets tout juste, est parfaitement conservé, quoiqu'il n'ait jamais été protégé par une reliure de bonne mine, et qu'il soit encore vêtu du parchemin natif qui l'habilla jadis chez un papetier de Grenoble. Depuis qu'il est tombé sous mes yeux, il aurait déjà revêtu un maroquin bleu du Levant, dont son insigne rareté le rend bien digne, si la majesté de son format ne l'excluait pas irrévocablement des six tablettes de ma petite tannerie (c'est ainsi que La Bruyère appelle nos bibliothèques). Il ira grossir les rangs d'une autre collection, son propriétaire actuel étant un homme positif, qui se trouverait fort heureux s'il avait par devers lui, de vendre toute la poésie de second ordre du dix-septième siècle à un sou le vers, et on aurait dans le nombre les six vers de Colletet, que Richelieu paya six cents livres. C'est à ce tarif d'un sou qu'il a taxé modestement les deux mille cinq cents vers de Claude de Chaulne, du duc de Saint-Aignan, de M. de Lionne, et du surintendant Foucquet qui ouvre le volume par une pièce assez bien tournée. Je lui ai promis que leurs noms seraient, pour son manuscrit, un meilleur passe-port que mon article. »

Ce Ms. est déposé aujourd'hui à la Bibliothèque de Grenoble. Il n'est pas certain qu'il soit autographe. Claude a dû laisser le soin d'écrire ses rimes sous sa dictée ou de les faire recopier à un secrétaire à qui la prosodie était certainement étrangère : on y constate des omissions de mots, des fautes d'orthographe, des vers faux, etc., etc. Cependant à la page 92 on lit : « Cette lettre me valust les suivantes, je les ay jointes icy » d'une autre main que la mienne et j'en useray de mesme pour » quantité d'autres de quelques amis particuliers qui m'ont es- » cript pour d'autres motifs ». Une lettre autographe du duc[1] de Saint-Aignan, datée du 18 août 1648, a été insérée dans ce Ms.

Il renferme environ 4.700 vers en quarante-six lettres ou pièces qui se décomposent ainsi :

1 pièce de Nicolas Foucquet, alors intendant de Dauphiné, et 9 pièces ou lettres à lui adressées par Claude, soit dix pièces dont une gazette.

2 lettres en vers adressées à Basile Foucquet.

2 lettres de Mr de Lionne et 3 réponses de Claude, soit cinq lettres.

2 lettres adressées à Mr de Niert.

1 lettre de Mr de Nord avec rép. de Claude, soit deux lettres.

1 lettre adressée à Pellisson.

1 id. à Ricouart.

1. C'est une erreur: en 1648, Saint-Aignan n'était que comte. Cette note est postérieure à 1663.

3 lettres du comte de Saint-Aignan dont une lettre en prose et 2 réponses de Claude, soit cinq lettres.
1 lettre adressée à Mr de Saint-Firmin.
1 lettre id. au comte de Tournon.
1 lettre de l'Inconnu avec réponse de Claude, soit deux lettres.
1 lettre adressée à la présidente de Chevrières.
1 lettre id. à madame de Clérieu.
1 lettre id. à madame de La Baume Chasteaudouble.
1 lettre id. à la duchesse de Lesdiguières.
2 lettres adressées à madame Potel.
1 lettre de madame de Revel et 5 rép. de Claude, soit six lettres.
2 lettres adressées à la comtesse de Tournon, duchesse de Chaulne.

Voici d'ailleurs la collation du Ms. :

f. 2. Impromptu de l'illustre M. F. (5 st. de 6 v.) : *Claude vous avez bien fait faute* (reproduit). Cette pièce est datée de 1644.

Impromptu responsif s'il en fut jamais (20 v.) : *Grand Génie de l'Intendance* (id.).

f. 3. Sonnet. *Quand Phœbus à ce jour qu'on dédie à la Lune* (reproduit).

p. 4. Lettre au mesme (110 v.) : *Depuis longtemps je Claude que voicy* (id.).

p. 9. A madame la présidente de Chevrières (78 v.) : *Charmante, rare et divine Ornacieux* (id.).

p. 12. A monsieur de Niert (108 v.) : *Dans ce climat où la fièvre à la Fronde* (id.).

p. 16. A madame la duchesse de Lesdiguières (112 v.) : *Ung piteux cas, ô très illustre dame.*

p. 21. A madame la comtesse de Tournon, madame la duchesse de Chaulne (84 v.) : *Dame de qui bouche vermeille esclatte* (reproduit).

p. 24. A monsieur Foucquet, maistre des requestes. Gazette (16 v.). *Puisqu'il vous plaist, Domine, sieur Messire.* — (p. 25). De Saumur, cabaret (36 v.). *Ici les vins qui font nostre campagne.* — (p. 27). Du jardin (74 v.) *L'on voit icy la blonde et la brunette* (extraits, 36 v.). — p. 30. De la belle messe (111 v.) : *Icy*** vient dire son bréviaire* (extrait, 85 v.), plus un post-scriptum de 8 v. : *Très obéissant fait grimace.*

p. 35. Responce à monsieur l'abbé Foucquet (94 v.) : *Des sentimens plus nobles que les vostres.*

p. 39. A madame de Revel (102 v.) : *Charmante Revel dont la lire.*

p. 44. A madame de La Baume Chasteaudouble, responce (16 st. de 4 v.) : *Je, des Barbons le plus caduc* (reproduit).

p. 47. A monsieur Foucquet la veille des Roys (106 v.) : *Phœbé, pour qui? c'est pour monsieur Foucquet* (id.).

p. 52. A madame de Revel (122 v.) : *Vif esguillon de mon peu de soucy* (reproduit).

p. 57. Pour mesdames de Revel et de Rochefort (84 v.) : *Dame illustre bis, dame illustre.*

p. 61. A madame de Clérieu sur le nombre quatre qu'elle aymoit extrêmement (64 v.) : *Deux fois un deux et deux fois deux font quatre* (reproduit).

p. 64. A un ecclésiastique (Mr. de Saint-Firmin), qui m'avoit escrit des douceurs en vers (92 v.) : *D'une rougeur omnino pudibonde* (reproduit) ; à la suite à un post-scriptum de 6 v.

p. 68. A madame Potel (13 st. de 4 v.) : *Trop belle et charmante Catin* (reproduit).

p. 71. A monsieur Foucquet, maistre des requestes (94 v.) : *En vérité je suis et quoi bien aise.*

p. 75. A madame Potel. Responce (90 v., plus quelques lignes en prose) : *Belle Catin, des Catins la merveille* (reproduit).

p. 79. A madame la duchesse de Chaulne (78 v.) : *Dame qu'on ne peut trop aymer* (id.).

p. 82. A monsieur Foucquet, maistre des requestes (116 v.) : *En ce saint temps que l'on nomme Caresme* (id.).

p. 86. A madame de Revel à Paris et resp. à une de ses lettres en vers (114 v.) : *Je ne cuidois qu'onc eust esté possible* (reproduit), (A la suite, p. 92) : « Cette lettre me valust les suivantes, je les ay jointes icy d'une » autre main que la mienne, et j'en useray de mesme pour quantité d'autres » de quelques amis particuliers qui m'ont escript pour d'autres motifs. »

p. 92. Responce de monsieur de Lionne, secrétaire d'Estat à cette lettre et à deux ou trois autres dont j'ay perdu les minutes (143 v.) : *Grand président à teste raze* (extrait, 25 v.) : *Jugez donc du Parnasse, illustre Connestable* (extrait, 33 v.). — p. 98 (86 v.) : *Vous mandez au comte ou marquis;* — p. 101 (172 v.) : *Possible, direz-vous, par argumens sublimes.*

p. 108. Lettre de monsieur le duc de Saint-Aignan (112 v.) : *Illustre amy de dame incorruptible* (extrait, 16 v.).

p. 113. Autre lettre du mesme seigneur (126 v.) : *Après cent tours et cent retours divers* (reproduit).

p. 118. Lettre en prose du comte de Saint-Aignan datée du 18 août 1648 (id.).

p. 119. Lettre de monsieur de Nord (112 v.) : *C'est trop resver, la pierre en est jettée* (id.).

p. 123. Lettre d'un Inconnu (90 v.) : *Esprit de tout le Dauphiné.*

p. 127. Responce à la lettre de Mr de Lionne (212 v.) : *De tels ragoûts et de si friands mets* (extrait, 50 v.).

p. 136. Resp. à la lettre de l'Inconnu qui a donné lieu à une partie de celles qu'on m'a écrites, notamment à celle de Mr de Lionne (94 v.) : *Brave baron, comte ou marquis* (extrait, 9 v.).

p. 140. Resp. à une des lettres de Mʳ de Saint-Aignan (114 v.) : *Charmant monsieur, esprit perçant et clair* (reproduit).

p. 145. Autre resp. à une des lettres de Mʳ de Saint-Aignan (114 v.) : *Comte adorable et qui croiés peut-estre* (id.).

p. 149. Resp. à la lettre de Mʳ de Nord (100 v.) : *Illustre Nord, de qui la Renommée* (id.).

p. 154. Pour Mʳ de Nyert (116 v.). *Bons bons truffés de jou Niert beau sire* (id.).

p. 159. A Mʳ le comte de Tournon (124 v.) : *Grand Comte de qui la mémoire* (id.).

p. 165. A Mʳ de Lionne rencontré près de Tain en revenant de Grenoble (98 v.) : *Depuis Sidon jusqu'aux portes de Tyr* (extraits, 43 v.).

p. 169. A Mʳ de Lionne sur la grossesse de madame sa femme (112 v.) : *Par Saint-Victor, voire par Saint-Marceau* (reproduit).

p. 174. Lettre de madame de Revel (90 v.) : *Original de bonne grâce* (id.).

p. 178. A Mʳ le Surintendant Foucquet (94 v.) : *Depuis longtemps vostre bonté le sçait* (id.).

p. 182. Resp. d'Entonnéna (Claude de Chaulne) aux vers de Mʳ Pellisson qu'on a perdus (116 v.) : *Le billet signé de mon maistre.*

p. 187. Resp. à la lettre de Mʳ Ricouart sur ce qu'il m'avoit escript d'Entonnéna (88 v.) : *De vous, Monsieur, la très humble servante* (extrait, 8 v.).

p. 190. A Mʳ le Surintendant (148 v.) : *Ma Muse en deuil de voir que ses pensées* (reproduit).

p. 196. A Mʳ l'Abbé Foucquet (114 v.) : *Abbé sans pair, cher ami des vertus* (id.).

p. 201. A madame de Revel (60 v.) : *Ce terme est long de six semaines* (id.).

CLAUDE DE CHAULNE

L'existence du manuscrit reproduisant les lettres en vers de Claude de Chaulne, composées de 1644 à 1659, est une véritable bonne fortune. Ce manuscrit nous permet de saisir sur le vif les manifestations du libertinage des esprits areligieux tel qu'il a existé au XVIIe siècle dans les classes cultivées. La forme et l'expression seules varient suivant les époques. Ce libertinage-là n'a ni importance, ni conséquence fâcheuse au point de vue social quand les personnages qui s'y livrent forment une petite minorité. Ils n'ont eu, au XVIIe siècle, d'autre intention que d'amuser leurs interlocuteurs ou leurs correspondants, en laissant fuser des traits plus ou moins spirituels. Le peu de cas qu'ils ont fait de leurs boutades les distinguent d'un Théophile de Viau, d'un Des Barreaux, d'un Blot, etc. Ces derniers, sans être plus convaincus de la valeur de leurs idées, tenaient à ce qu'on les prît au sérieux. Se jugeant des esprits « déniaisés », ils étaient heureux d'avoir des auditeurs. Ne faisant pas de prosélytisme au sens étroit de ce mot, ils cherchaient à scandaliser pour se distinguer du commun des mortels. Chez les uns comme chez les autres, nous constatons des mœurs dissolues, qui sont la résultante d'un déséquilibre mental se traduisant par le rejet de toute discipline.

Prenons donc la correspondance de Claude de Chaulne pour ce qu'elle est : un amusement de grand seigneur un peu frotté de lettres. Evitons le ridicule de ceux qui, par exemple, sur une anecdote, rapportée par Tallemant Des Réaux, jugent un homme. Retenons également que ces rimes ont commencé à être échangées pendant la régence d'Anne d'Autriche, à la veille de la Fronde, à un moment où la liberté de langage ne rencontrait aucune entrave. D'ailleurs Claude de Chaulne appartenait à la génération dont la mentalité s'était formée dans les dernières années du règne de Henri IV et sous la régence de Marie de Médicis, époque où régnait une grande licence.

Il est probable que Claude a fini chrétiennement, sans même se souvenir un instant de ses bons mots sadiques ou irréligieux.

Les Chaulne de Dauphiné étaient un rameau des Chaulne de Picardie qui tirent leur nom de l'ancienne baronnie de Chaulne près de Noyon. Ce rameau se fixa à Tonnerre d'où il se divisa en deux branches ; l'une résida à Paris au XVIe siècle avec Antoine de Chaulne; l'autre avec Pierre de Chaulne, procureur du roi dans l'élection de Tonnerre, émigra à Grenoble vers 1558. Pierre eut pour fils Antoine de Chaulne, sieur de Veurey, trésorier général des fortifications, puis maître ordinaire de la Chambre des comptes de Dauphiné, par lettres de Paris du 17 septembre 1611, en remplacement et sur la résignation d'Antoine de Rives. Reçu seulement le 31 janvier 1613, Antoine céda sa charge deux ans après, le 15 juillet 1615, à Etienne Empereur, sieur de La Croix. Vers 1620 il fit partie du Bureau des finances de Dauphiné dont il devint en 1628 un des quatre présidents. En 1624 il fut nommé conseiller d'Etat. Cet Antoine, marié à Madeleine Benoist, a été le père de Claude.

Claude naquit à Grenoble vers la fin du XVIe siècle. Il fit ses études au collège de Tournon où il eut pour condisciple le futur ambassadeur Ennemond Servien [1], frère du Surintendant de ce nom. Son intelligence, sa vivacité le firent distinguer par ses maîtres si bien que ceux-ci le choisirent pour remplir un rôle dans une pièce représentée au collège de Tournon à la suite du service solennel célébré dans cette ville à la mémoire de Henri IV, assassiné par Ravaillac. Claude avait comme interlocuteurs Imbert Le Blanc, Ennemond Servien [1], tous deux de Grenoble, et Esprit La Selve, de Vivarez. Il succéda en 1629 à son père dans sa charge de président du Bureau des finances [2] et y fut reçu le premier mai de l'année suivante. Peu de temps après, le Roi le nomma conseiller d'Etat. Il épousa alors Marguerite, fille de Joachim de Chissé, seigneur de La Marcousse et de Diane de Lestang [3], dont il eut cinq enfants : deux fils et trois filles. L'aîné Joseph,

1. Ennemond Servien, né vers 1596, mort le 3 juin 1679, a été ambassadeur de France à Turin, de 1648 à 1676.

2. Au commencement du XVIIe siècle, il existait deux charges de trésoriers-généraux de Dauphiné; sous Louis XIII sept furent créées, puis six autres (édit de décembre 1627) et encore deux (édit de 1628). Après la réception de Claude de Chaulne, elles furent encore augmentées de cinq (1633 et 1635), soit en tout vingt-quatre. De sorte qu'en 1645 le Bureau des finances de Dauphiné se composait de quatre présidents, vingt trésoriers-généraux, un procureur du roi, un avocat du roi et quatre huissiers.

3. Joachim de Chissé, seigneur de La Marcousse, était fils de Michel de Chissé, seigneur de La Marcousse, enseigne de la Compagnie de cent hommes d'armes du sieur de Maugiron, et gouverneur de Gap, et de Joachine de Guiffrey de Boutières, fille du lieutenant-général, et arrière-nièce du chevalier Bayard. Il avait épousé Diane de Lestang le 18 juillet 1609.

marquis de Chaulne, par suite de l'érection de la seigneurie de Noyarey en marquisat sous le nom de Chaulne, par lettres du mois de mars 1684, registrées au Parlement de Dauphiné le 19 août suivant, fut président du Bureau des finances sur la résignation de son père et mourut sans postérité; le second, Paul, abbé de Chaulne, « le plus beau garçon de son temps », devint évêque de Sarlat, puis de Grenoble. Ses allures par trop coquettes, ses airs de muguet, motivèrent, dit Mr Roux, les blâmes du cardinal Le Camus, évêque de Grenoble, mais elles ne l'empêchèrent pas, avec le temps, de se transformer au point d'être considéré par Saint-François de Sales comme une demi-vertu. De ses trois filles : l'aînée seulement se maria, Diane qui épousa François Ferrand Teste, sieur de Grumetière; les deux autres entrèrent en religion : Jeanne à Montfleury en 1647 et Clotilde à la Visitation Sainte-Marie en 1651.

Claude de Chaulne fut chargé de diverses missions : Par lettre du 15 août 1630, Louis XIII le nomma intendant des finances de l'armée occupée au siège de Montauban sous le maréchal de Chastillon, après qu'il eût été « commis » à Embrun pour y procéder à la préparation des ordres (28 juin 1630); en 1647, il est intendant des troupes pour en faire la revue en Dauphiné (25 mars 1647).

Il mourut vers 1675, à soixante dix-huit ans.

Nous avons le portrait de Claude, tracé par Chorier en 1679 :

« Claude de Chaulne excellait vraiment parmi les poètes dans ce genre de vers (familiers). Il tenait la première présidence du Bureau des finances de France et brillait par l'intelligence. La source de la plaisanterie coulait limpide de sa bouche. Il dissertait sur l'heure de quelque sujet que ce fût. Pour s'amuser il se moquait des choses les plus sérieuses, simplement, par la manière dont il en parlait, mais sur un ton qui, tout en plaisant aux plus graves, ne pouvait offenser personne. Sa conversation était émaillée de traits si imprévus que, pour n'en pas sourire, il aurait fallu être de pierre. Il improvisait des vers très spirituels dans la langue des honnêtes gens, aussi bien que dans celle du terroir ou de la plèbe. Souvent il jouait seul tous les rôles des comédies et variait sa diction selon les personnages et selon le genre de vers. A la fois, il incarnait le poète, le comédien et le spectateur.

Il surpassait tout le monde en courtoisie. Sa raillerie ne portait pas seulement sur la forme mais sur le fond des choses. Celui qui rassemblerait les traits d'esprit et les bons mots qu'on rapporte de lui et en donnerait une édition destinée au public ferait, à mon avis, une œuvre remarquable et goûtée des connaisseurs. D'ailleurs sans méchanceté, incapable de blesser ou de rudoyer personne, il était apprécié et bien vu de tout le monde. Toute sa vie, qui se prolongea jusqu'à sa soixante-dix-huitième année, il garda cette réputation d'aménité et de bonté. Il était expert en boutades, en jeux de mots et en facéties. Les gens d'esprit le louaient, les autres qui ne comprenaient pas ses plaisanteries, restaient surpris et hésitants. Tous cependant le jugeaient favorablement et, lorsqu'il critiquait, l'applaudissaient. Avec Chaulne, les Muses dansaient en douleur et, s'il riait, alors s'esclaffaient, oubliant leur deuil[1]. »

Il confirme celui qu'il avait esquissé huit années auparavant :

« Il est un des plus beaux esprits de la Province (de Dauphiné). On ne peut lui contester qu'il ait sceu donner de l'enjouement aux Muses sans leur oster rien de leur honnesteté. Ses jeux tout spirituels sont libres et ensemble retenus, et la vertu ne craint point qu'on la voye rire avec un si honneste homme » (*Chorier : L'Estat politique de la Province de Dauphiné, 1671*).

L'opinion de quelques contemporains n'est pas moins favorable :

« Il avait un esprit délicat, sublime et éclairé et une facilité admirable à faire des vers français. Jamais génie ne fut plus naturellement tourné à dire des mots agréables, comme estoit le sien, et jamais personne n'a esté plus propre à bien remplir une conversation de quelque nature qu'elle fût, comme il a esté » (*Guy Allard : Bibliothèque du Dauphiné*).

« Claude de Chaulne a également brillé dans la conversation et dans les vers qu'il faisoit avec une facilité admirable. Ses bons mots ont esté recueillis avec soin » (*Philibert Brun : Eclaircissements historiques*).

Voici maintenant une appréciation récente de l'homme et de son œuvre :

« Quelle est cette curieuse figure (celle de Claude de Chaulne) ? cependant pourquoi jusqu'ici fut-elle en quelque sorte insaisissable ? Peut-être parce qu'elle appartient trop à son siècle et à son milieu; que tout le présent l'absorba ; ne vivant bien, lui, que pour ce présent, peu jaloux d'une gloire posthume, avide seulement d'amoureuses victoires et satisfait du vin et de l'amour; il demeure toutefois épicurien encore que raffiné; amoureux plus rêveur que passionné. Si René Le Pays a poussé son art de plaire jusqu'à devenir une sorte de Don Juan, Claude de Chaulne s'en est tenu à cette satisfaction que l'on goûte à aimer, pour rendre heureux l'objet aimé. Parfois, il est vrai, son ivresse est celle d'un

1. *Chorier : Vie de Pierre de Boissat (en latin), Grenoble*, 1680, in-12.

Suisse, et sa volupté celle d'un mousquetaire, mais toujours ses qualités rachètent amplement ses défauts. Naturel, jusqu'à la trivialité, il eût été rangé de nos jours parmi nos poètes réalistes en ce qui touche à certaines de ses poésies et certaines de ses expressions » (*Emile Roux : Les Précieuses à Grenoble au XVIIe siècle, Claude de Chaulne*).

***

Claude de Chaulne a tenu, de 1630 à 1675, une grande place dans la société grenobloise[1], place qu'il a due beaucoup à son esprit, à sa belle humeur, un peu à la noblesse de sa famille et à sa qualité de président du Bureau des finances de Dauphiné. Lui-même a dit ce qu'il pensait de sa charge, peut-être pour avoir l'occasion de placer une gauloiserie :

Mais ces Messieurs les Trésoriers de France,
Sont Trésoriers sans argent, sans finance,
Et Dieu merci je suis leur Président;
Si quelqu'un a besoin d'un curedent,
J'entends de ceux qui viennent de Provence,
Qu'il vienne au corps des Trésoriers de France.
Là j'ay encor l'honneur de présider,
Et ne croy pas de leur devoir céder
Au Parlement, ni mesmes à la Chambre;
Si de ces corps je me fusse veu membre,
J'aurois été le membre du milieu,
Car la vertu seule occupe en ce lieu
Comme croyoit la reyne Marguerite;
Mais ma vertu dans ces lieux est petite
Et néantmoins ayant petit mercier
Je ne sçaurois trouver petit panier[2]...

La gauloiserie, c'est tout Claude de Chaulne, elle est son unique souci. Il n'hésite pas à nous faire sourire à ses dépens, à avouer par exemple que Vénus l'a maltraité, en précisant non

1. Dès 1631, il est au nombre des acteurs d'un ballet dansé à Grenoble le dimanche gras. Voici le titre de ce ballet dont l'auteur est Louis Videl, secrétaire du connétable de Lesdiguières : « *Almanach ou prédictions véritables, contenant les divers changemens qui doivent arriver durant le cours des douze mois de la présente année 1631...., par l'illust. et sereniss. seigneur Tychobraé, astrologue, prince Danois et très exact observateur des causes secondes. Balet dansé à Grenoble le dimanche gras de ladite année 1631. S. l. n. d.* (Grenoble, P. Verdier), in-4 de 45 pp. Les principaux acteurs, en dehors de Claude de Chaulne, étaient : le comte de Rochefort, de Manissy, Roux, Coste, de La Colombinière, le comte de Grignan, Crolles, etc. (*Ed. Magnien, Bibliographie grenobloise*).

2. A monsieur de Lionne, rencontré près de Tain en revenant de Grenoble. *Depuis Sidon jusqu'aux portes de Tyr.*

seulement l'année, mais les conséquences pour sa chevelure :

Me tondre seroit difficile,
Car dès l'an seize cent et dix neuf,
Poison de vérole subtile
Me rendit plus chauve qu'un œuf[1].

et il adresse cette confidence à une femme, la baronne de La Baume Chasteaudouble. Comme il a vécu jusqu'à soixante dix-huit ans, la Déesse s'est montrée clémente envers lui, plus clémente qu'elle ne l'est ordinairement. Elle a moins ménagé ce pauvre Cyrano de Bergerac, lui assurant cependant une compensation : l'immortalité, qu'elle a refusée à notre grenoblois, celle qui s'attache aux contempteurs de la société de leur temps[2] !

Claude tient à se mettre en scène, toute digression lui est bonne pour cela. Cette préoccupation de son moi, on la constate dans la plupart de ses lettres. Il se plait à se portraiturer en insistant sur les imperfections de son visage et de sa personne[3].

Il ne dissimule ni ses goûts ni ses préférences ; la franchise est sa qualité maîtresse :

Mes passions sont à peu près les vostres.
Le jeu, le bal, la musique, les vers,
Tournois, ballets, comédies, et concerts,
Chasse, chevaux, chiens, chants et chansonnettes,
Joieux devis, amoureuses sornettes,
Furent jadis tous mes amusemens[4]...

Et il éprouve un malin plaisir à mêler le sacré au profane, en y ajoutant souvent une petite pointe d'obscénité. Il faut croire que Mr Ricouart à qui il écrivait n'était pas insensible à ce genre de plaisanterie... facile :

Vous estes bon, vous avez l'âme bonne,
Bien peu vous chaut de tierce, sexte et none,

1. Rép. à madame de La Baume Chasteaudouble : *Je, des Barbons le plus caduc* (reproduite).

2. Voir la préface placée en tête des *Œuvres libertines de Cyrano de Bergerac.* T. I, p. VII.

3. Voir sa lettre au comte de Saint-Aignan : *Charmant Monsieur, esprit perçant et clair* (reproduite) et d'autres lettres rimées dans le même esprit.

4. Lettre au duc de Saint-Aignan : *Comte adorable et qui croiés peut-estre* (reproduite).

Mais vous allez à prime avec rigueur,
Et la tirez quand il ne faut qu'un cœur;
Vous voudriez voir Iris à complie ;
Pour cet office, il faut que rien ne plie,
Que tout soit ferme, et vous l'estes aussy :
Les vrais amis doivent bien l'estre ainsy[1]...

non plus que Hugues de Lionne.

Claude ayant communiqué à ce dernier une lettre qu'il avait reçue d'un « Inconnu » dans laquelle madame de Revel était comparée au Soleil, et sa réponse où Josué était mis en cause :

Mais il me semble qu'il doit faire
Un tour dessus nostre hémisphère
Et nous soulager des ennuis
De nos longues et froides nuits.
Voudrez-vous arrester sa course?
Je ne le crois pas, pourquoy? Pour ce
Que vous seriez possible hué
De vous mocquer de Josué,
Et de le pouvoir contrefaire[2]...

Lionne saisit ce prétexte pour prendre la défense du système de Copernic[3] :

Ce Soleil a bien autre affaire
Qu'à visiter nostre hémisphère.
D'ailleurs nous suivons ric à ric,
L'opinion de Copernic

1. Réponse à la lettre de Mr Ricouart sur ce qu'il m'avait écrit d'Entonnéna : *De vous, Monsieur, la très humble servante.* Ce Ricouart est Antoine de Ricouart, sieur, puis comte d'Hérouville, maître des requêtes et conseiller d'Etat, dont parle Tallemant dans ses *Historiettes* : « Cet homme trouva un jour un pot de chambre dans l'antichambre de madame de Saint-Ange (femme du premier maître d'hôtel de la Reine); il crut faire une belle galanterie en faisant des vers sur cela. Je vous laisse à penser s'il oublie d'y parler d'*Eau d'Ange*. Il y avoit bien des choses plus délicates, car il disoit en un endroit, en parlant de cette eau qu'il vuideroit volontiers

. . . . sa bourse
Pour en puiser à la source.

Il luy envoya ces beaux vers, et pour appaiser la belle, il fallut après faire l'amende honorable. »

Entonnéna, c'est le pseudonyme pris par Claude de Chaulne dans sa correspondance versifiée avec Pellisson, le commis de Foucquet.

2. Response à la lettre de l'Inconnu : *Brave Baron, Comte ou Marquis* qui a donné lieu à une partie de celles qu'on m'a escrites notamment à celles de monsieur de Lionne.

3. Cette discussion sur le mouvement de la terre permet de dater cette lettre qui doit être de 1652. *Les Œuvres poétiques du sieur Dalibray. Paris*, 1653, contiennent trente sonnets de Dalibray sur ce sujet et une longue réponse en vers du mathématicien Le Pailleur qui ne prend partie ni pour Ptolémée ni pour Copernic!

Qui établit son domicile
Au centre du monde immobile;
Et de vrai, dites-vous un peu,
Vous qui avez bonne caboche,
Et qui jamais n'eustes taloche,
Trouveriez mieux que le feu
Roulast à l'entour de la broche
Et rencontrant quelque anicroche,
Que lors que sur son propre essieu
La broche tourne auprès du feu[1]....
La Terre ainsy sur son pivot,
Comme quand on fouette un sabot,
A plutost descouvert au Soleil ses surfaces
Qu'Astre si grand et lourd n'auroit changé de place,
Et n'auroit parcouru tant d'immenses espaces
Quand même il marcheroit au trot,
Et qu'il seroit sur des eschasses.
En vain donc on ne s'est tué
Comme prouve nostre système
De contrefaire Josué,
Mais le bon Josué luy-mesme
A pris Carnaval pour Caresme,
Et pour lavement aposème...
Il n'avoit qu'à dire à la Terre :
« *Terre ne va pas si grand erre,*
» *Ne te sabote pas si dru,*
» *Afin que j'aye temps congru*
» *Pour occir l'ost Gabaonite*
» *Qui refuse nostre eau bénite*[2]....

A quoi Claude répond sur un ton de bouffonnerie encore plus osé :

L'opinion de vostre Copernic
Me fait capot après un grand repic,
Mais, cher Monsieur, apprenez-moy de grâce,
Comment il peut fixer en mesme place,
Sans qu'il s'esbranle ou meuve tant soit peu
Ce corps brillant, ce beau globe de feu;
Ce point de flamme où la clarté première
Se concentra pour faire la lumière,
Dont la chaleur n'a que le mouvement
Pour son appuy et pour son fondement.
En vain ce corps nous paroistroit en boule
Si l'on ne veut ou qu'il roule ou qu'il coule,

1. Voir les *Œuvres libertines de Cyrano de Bergerac*, t. I, p. 12.
2. Réponse de M. de Lionne : *Jugez donc du Parnasse, illustre Connestable.*

Et ce seroit nous damer le pion
S'il s'attachoit ainsi qu'un morpion.
En vérité je ne vois point de signe
Qui peut prétendre cette faveur insigne;
Il destruiroit tout l'ordre des saisons,
Et ne pourroit briller qu'en deux maisons
Ou chez la Vierge ou chez le Sagittaire;
Mais depuis peu le drôle s'est fait raire,
La Vierge sent un peu le *galbanum*
Et l'*unguentum napolitanum*;
Vous m'eslevez jusqu'au séjour des Gruës,
Cela s'entend dessus le lict des Nuës;
Quand j'y serai, j'employeray mon nez
Pour y flairer ces belles vérités,
Et vous diray, sans détour ny bricole,
Si c'est pour morpions ou pour vérole.
Mais ce Soleil, à propos de l'archet,
Seroit-il pas bien pris au trébuchet
Si dans le bal des estoilles errantes
Il ne pouvoit danser quelques courantes,
Ou quelque gigue, ou bien des tricotels[1]?
Ce Dieu brillant n'auroit point tant d'autels,
Et passeroit pour Dieu de trique-nique
S'il pouvoit estre creu paralytique;
Luy dont le feu fait germer les mestaux
Qui donne l'estre à tous les végétaux,
Qui cuit nos vins, qui fait jaunir nos gerbes,
Dont la chaleur fait la vertu des herbes;
Cet œil de qui l'ardeur et les clartez
Font leurs pouvoirs et leurs propriétez.
S'il n'en pouvoit prétendre un manipule
Pour se guérir seroit bien ridicule.
Comment, bons Dieux, peut Copernic songer
D'oster son cours à un corps si léger
Pour le donner à une masse lourde?
Il se vouloit masquer en pierregourde,
En arzilliers de la Coste Moirans,
Il est menteur fieffé jusques aux dents[2],..

Souvent il glisse jusqu'à l'obscénité :

L'on voit icy la blonde et la brunette
Prendre le frais, s'ériger en coquette,
Et le galand se cloue à leurs costez
En débitant *floret* à pas comptez.

1. Tricotels pour tricotets, ancienne danse qui s'exécutait en remuant les pieds et aussi vite que les mains d'une femme qui tricote.
2. Réponse à la lettre de M. de Lionne : *De tels ragoûts et de si friands mets.*

Là maint Niert, mais de La Buisserate,
M'espanouyt un lopin de la rate,
Lopin petit, et par quelques chansons
Des Rossignols imite les leçons;
J'entends de ceux qui viennent d'Arcadie
Dont la fillette ayme la mélodie,
Et croit le chantre aymable et plein d'appas
S'il est oiseau de la ceinture en bas[1]...

Rarement il s'attaque aux personnes[2]; c'est dans le but de plaire à Foucquet, alors intendant de Dauphiné, qu'il dénigre Pierre Yvon, sieur de Lozières, son successeur, et encore ses méchancetés sont bien anodines[3]. Avait-il un grief contre le prince-évêque de Grenoble : Pierre Scarron[4], ou le savait-il en mauvais termes avec Foucquet pour en dire autant de mal? C'est probable :

De la Belle Messe.

Icy XXX vient dire son bréviaire,
Pour mieux parler, usons du mot de braire;
Or chacun sait que son attention
N'a rien d'égal que sa dévotion,
Qui vraiement est si sainte et si bonne
Qu'elle ne fait de chagrin à personne.
Ce grand Prélat éloquent et sçavant
Pour ne mentir presche très peu souvent!
La charité luy fait tant de fatigue
Qu'il se voudroit fourrer en chaque intrigue.
Quand il auroit mille fois moins de bien
Il est si bon qu'il ne refuse rien;
Bien entendu qu'il donne tout de mesme;
Des prometteurs, c'est la perle et la cresme.
Mais brisons-là, laissons ses qualités,
Et revenons à d'autres vérités :

1. A M. Foucquet, maître des Requestes. — Gazette. Du jardin.

2. Voyez plus loin sa lettre à l'abbé Foucquet (contre Servien, surintendant) : *Abbé sans peur, cher amy des vertus.*

3. Voyez plus loin sa lettre à M. Foucquet maistre des requêtes : *En ce saint temps que l'on nomme Caresme.*

4. Pierre Scarron, évêque et prince de Grenoble, cousin du poète burlesque, était fils de Jean Scarron, seigneur de Mandiné, de Lorgues et de Boislarcher, conseiller au Parlement de Paris, et de Marie Boyer. Ce Jean était frère de François Scarron, seigneur de Privas.

Pierre Scarron eut un seul frère : Jean, conseiller à la Grand Chambre, prévôt des marchands à Paris en 1644, mort en 1646, qui avait épousé Marguerite Marron (morte en juin 1653), fille de René Marron, sieur de Chastelier, secrétaire du roi, et de Marguerite Rousseau, et deux sœurs : Ysabelle, femme de Nicolas Poussepin, sieur de Montbrun et de Bel Air, conseiller au Châtelet de Paris, et Marie, religieuse à Soissons.

L'on voit icy mainte dame vieillotte
Jouer des yeux tandis qu'elle marmotte
Le chapelet ou le livre en la main
Avec un tas de mouches sur le sein,
Il fait la roue ainsy qu'un vieux coq d'inde,
Et l'approchant et faisant le nez doux
Luy dit : « Après disner, que ferez-vous,
» Que vous portez un rare point de Gesne?
» Il tient pourtant mon esprit à la gesne;
» Je ne vous puis celer qu'il me desplaist;
» Tout beau, tout fin et tout charmant qu'il est,
» Il m'importune, il desrobe à ma veue
» Tous les appas dont vous estes pourveue.
» Si ce n'estoit qu'il vous sert depuis peu
» Ce criminel mériteroit le feu. »
Un bon frater d'un coin de sacristie
A beau prescher qu'on va lever l'hostie,
L'on continue et pour n'ouïr tel bruit
Je croy, pour moy, que le bon Dieu s'enfuit[1] !...

Arrêtons ici nos citations. En reproduisant intégralement un certain nombre des lettres échangées entre Claude et ses amis[2] : Nicolas et Basile Foucquet, le comte de Tournon, Hugues de Lionne, Pierre de Niert, premier valet de chambre du roi, Antoine de Nord, conseiller du roi et son avocat général au Bureau des finances de Guyenne, François de Beauvillier, comte de Saint-Aignan, Alphonse de Simiane, abbé de Saint-Firmin, etc., on se rendra mieux compte de sa tournure d'esprit. On verra qu'il a trouvé des partenaires dignes de lui, même parmi ses relations féminines si nous en jugeons par les réponses de madame de Revel.

En dehors de son Ms., on ne connaît de Claude de Chaulne que trois petites pièces laudatives qu'il a mises en tête des *Amitiez, Amours et Amourettes* (*Grenoble*, *1664*), de René Le Pays.

1. A M. Foucquet, maistre des requestes. Gazette. Cette gazette est datée de Saumur. Nous ne connaissons pas le motif qui avait amené Claude de Chaulne dans cette ville d'où il écrit au comte de Tournon.

2. Nous ne donnons qu'une partie — importante d'ailleurs — du Ms. de Claude de Chaulne, soit 3.000 vers environ sur 4.700. Nous ajouterons que nos citations laissent au travail préparé par M. Emile Roux tout son intérêt. Nous ne nous occupons pas des poésies de Claude au point de vue, si curieux, d'un tableau de la société grenobloise au XVIIe siècle, mais simplement au point de vue du libertinage du président du Bureau des finances, c'est-à-dire de sa débauche d'esprit.

POUR Mr LE PAYS, SUR SON LIVRE *AMITIEZ*....

Dans l'Empire d'Amour, on tient cette maxime,
Pour les heureux succez de garder le secret,
Autrement on s'expose au reproche d'un crime,
Et l'on passe pour indiscret :
Mais l'illustre *Pays* a fait un tour de Maistre,
Il nous monstre ses fers sans qu'on puisse connoistre
Par quelle main son cœur en souffre le tourment,
Et le public se plaindroit justement,
Si par un vain scrupule il eût tenu secrettes
Ses Amours et ses Amourettes.

SUR LE MESME SUJET

Celuy dont nous tenons cet agréable ouvrage,
En souffrant qu'on le mette au jour,
Parmy les beaux Esprits acquiert cet avantage,
Qu'en donnant ses *Amours*, il gagne leur amour.

AU LECTEUR

Cy gist, bien qu'il ne soit pas mort,
Le merveilleux Esprit, qui te donne ce Livre,
Lecteur, chacun est demeuré d'accord,
Que ses productions le feront toûjours vivre,
Et tu dois avoüer que jamais un tombeau,
Ne fust plus riche ny plus beau.

LES LETTRES LIBERTINES EN VERS

DE

CLAUDE DE CHAULNE

ÉCHANGÉES AVEC SES AMIS :

NICOLAS FOUCQUET
BASILE FOUCQUET
HUGUES DE LIONNE
PIERRE DE NIERT
ANTOINE DE NORD
COMTE DE SAINT-AIGNAN
ABBÉ DE SAINT-FIRMIN
COMTE DE TOURNON
COMTESSE DE TOURNON, DUCHESSE DE CHAULNE
PRÉSIDENTE DE CHEVRIÈRES
MADAME DE CLÉRIEU
MADAME DE LA BAUME CHASTEAUDOUBLE
MADAME POTEL
MADAME DE REVEL

Les pièces marquées d'un astérisque mentionnées à la suite des notices ont été reproduites entièrement, et partiellement celles avec un double astérisque.

*Comme nous ne reproduisons qu'en partie le manuscrit de Claude de Chaulne (3.000 v. environ sur 4.700), nous ne nous sommes pas asservi à suivre l'ordre dans lequel les lettres se lisent dans ce Ms.. D'ailleurs Claude les a réparties arbitrairement et sans aucun souci de leurs dates. Il a voulu faire honneur à Nicolas Foucquet en plaçant l'*Impromptu *de l'Intendant de Dauphiné, de 1644, en tête de sa correspondance rimée. On ne sait d'ailleurs à quelle époque il s'est livré à ce travail de reconstitution de son passé. A en juger par le titre de* duc *donné à François de Beauvillier, il doit être postérieur à 1663, année de l'érection en Duché-pairie du Comté de Saint-Aignan, mais cependant il est certain qu'aucune des lettres du Ms. n'a été écrite après la disgrâce du Surintendant (1660).*

NICOLAS FOUCQUET

Foucquet[1] tout en ne faisant, pour ainsi dire, que passer à Grenoble en 1644 au titre d'intendant de justice et de police de Dauphiné, a eu le temps de connaître et d'apprécier Claude de Chaulne, président du Bureau des finances. Nicolas venait de partir pour assister à la prise de possession de l'évêché d'Agde, par son frère François, quand une émeute éclata soudainement dans la province ; à Moirans notamment le peuple soulevé s'empara des états de taxe et les brûla. A cette nouvelle, le chancelier Séguier, accueillant les dénonciations qui accusaient Foucquet d'avoir fui devant les mutins, le remplaça immédiatement par Pierre Yvon, sieur de Lozières.

Se rendant à Paris, Foucquet quitta Grenoble le 11 août 1644, accompagné jusqu'à Valence de Claude de Chaulne, de Ducros, de Coste et d'autres personnages de marque appartenant au Parlement de Dauphiné qui avaient tenu à honneur de lui marquer ainsi leur estime dans sa disgrâce imméritée. Au sortir de cette ville, en se dirigeant sur Tournon, l'ex-intendant manqua d'être assommé par la populace ainsi que Coste ; le conseiller Ducros fut tué. Cette tragique sortie de Dauphiné, Foucquet ne l'oublia pas : elle explique la sympathie qu'il a témoignée à Claude de Chaulne et la correspondance rimée échangée entre eux.

Cette correspondance, dont il reste peu de chose, s'est espacée au fur et à mesure que la puissance de Foucquet grandissait au point d'en faire presque le premier personnage de l'Etat, aussi Claude a-t-il pris contact avec Pellissòn, son premier commis, tout aussi féru de poésie que son maître. Pourquoi alors s'est-il servi du pseudonyme d'*Entonnéna* ? Serait-ce simplement pour se distinguer de la foule des innombrables solliciteurs qui gravitaient autour du Surintendant ? C'est possible.

Ajoutons que notre Président du Bureau des finances de Grenoble quoique étant le subordonné de Foucquet, n'en avait rien à craindre, ce dernier ayant supprimé tout contrôle des trésoriers et cela pour des motifs personnels. Si, avec la dot de sa première femme et son apport, Nicolas était entré en ménage ayant personnellement près de deux millions de

1. Nicolas Foucquet, né le 27 janvier 1615, était fils de François Foucquet, conseiller au Parlement et commissaire des requêtes du Palais à Paris, et de Marie de Maupeou. Il épousa en premières noces Louise Fouché, morte le 11 avril 164[illegible], et, en secondes noces, le 5 février 1651, mademoiselle de Castille qui lui apportait en dot cent mille livres tournois, etc.

notre monnaie d'avant guerre, sa fortune dépassait en 1658 les prévisions les plus optimistes. Le Surintendant n'avait pas réuni ces immenses richesses sans laisser des sommes importantes aux mains des trésoriers de l'épargne, grâce à des procédés condamnables. Leur simple exposé montrera les complicités qu'il avait dû s'assurer :

« On connaît très exactement de quelle façon le Surintendant avait fait sa grande fortune. Il n'avait pas, il est vrai, le maniement des fonds publics : il donnait aux trésoriers d'Epargne des ordres de paiement assignés sur telle ou telle recette expressément désignée (gabelles, aides, taille, etc.), ceux-ci payaient et devaient garder les assignations pour les produire à la Chambre des Comptes et obtenir décharge. Le vol consistait à assigner des paiements sur des fonds déjà épuisés : les porteurs pressés d'argent vendaient à vil prix leur titre à des financiers qui avaient le crédit d'obtenir des réassignations sur les fonds disponibles, *moyennant pot de vin attribué au Surintendant.* D'autre part les impôts indirects qu'il était d'usage d'affermer étaient souvent l'objet d'adjudications irrégulières dans lesquelles le secret des enchères n'était pas observé et où les noms mêmes des fermiers étaient supposés. Enfin les emprunts fournissaient encore un champ plus vaste aux spéculations malhonnêtes. Le taux légal, admis comme *maximum* par la Chambre des Comptes était de 5 5/9 0/0. Mais le Trésor était souvent contraint par les circonstances à donner jusqu'à 20 et 25 0/0. Pour dissimuler l'irrégularité, le Surintendant majorait le capital encaissé, puis, pour rétablir la balance entre les recettes et les dépenses, il faisait porter sur les registres des Trésoriers de l'Epargne, et avec leur complicité, des dépenses imaginaires. Plus de registres de fonds versés depuis 1654 : les contrôleurs des finances avaient été alors dispensés de les tenir. Ministres et commis, sous des noms supposés, prêtaient à l'Etat à des taux usuraires ou même supposaient des prêts. Bref, le mécanisme des institutions financières était détestable, et le crédit mal assuré; un honnête homme n'était jamais certain de ne pas passer pour un voleur, et un voleur avare, sans ostentation, pouvait être tenu pour un honnête homme : c'est l'ostentation qui perdit Foucquet. »

Claude, hâtons-nous de le dire, est resté l'honnête homme au sens qu'on donnait à ce mot au XVIIe siècle. Ne voyons, dans ses manifestations enthousiastes à l'égard de Foucquet, que l'expression de sa profonde amitié pour l'homme et non pour le financier. En réunissant ses lettres en vers, au lendemain peut-être de la condamnation de son malheureux ami, Claude a placé en tête l'*impromptu* de l'intendant de Dauphiné en qualifiant son auteur d'*Illustre.* Il y a eu là un noble geste à l'adresse d'une grande infortune.

Foucquet a composé peu de vers français :

1° Le | Chrestien | des-abusé | du monde. | A Paris. | Chez la veuve Denis Thierry | ruë saint-Jacques, à l'image saint | Denis, près saint-Yves. | M.DC. LXVII (1667). | Avec privilège du Roy. | In-12 de 33 pp. chiffr. (B.N., Ye 9981).

En voici le premier vers : *Trompeuses vanitez où mon âme abusée.*

2° Une traduction en vers du Ps. CXIII (29 st. de 4 v.) : *Venez, accourez tous, peuples de l'Univers,* publiée par P. Clément.

3° Et quelques pièces éparses dans des manuscrits de la Bibl. nationale :

S. t. (104 v.) : *Mourray-je sans parler et ma reconnoissance.* (Ms. fr. 20862). C'est une épître dans laquelle Foucquet remercie une grande dame qui s'était intéressée à son sort.

Sur le portrait bien fait d'un homme qui avoit manqué à sa parole (3 st. de 4 v.) : *Ce portrait est fait d'une sorte* (Ms. fr. 22559).

Sur ce qu'on a osté la feste de saint Nicolas du diocèse de Paris (déc. 1666) : *Escoliers, mariniers et toute femme enceinte* (id.).

Enigme (5 st. de 6 v.) : *Nous estions autrefois un grand nombre de sœurs.* Avec cette note à la fin qui est suivie de remarques : « Le sujet de cette énigme est le papier sur lequel est écrit : *Papier que j'ai fait dans ma prison avec de vieilles chemises de Hollande* » (id.).

Le Ms. de Chaulne contient 10 pièces en vers : une de Foucquet et neuf qui lui sont adressées :

*Impromptu de l'illustre Mr Foucquet : *Claude vous avez bien fait faute.*

*Impromptu responsif de Mr de Chaulne : *Grand Génie de l'Intendance.*

*Sonnet à Foucquet : *Quand Phœbus à ce jour qu'on dédie à la Lune.*

*Lettre à Foucquet: *Depuis longtemps, je Claude que voicy.*

A Mr Foucquet, maistre des requêtes : Gazette(246 v.) : *Puisqu'il vous plaist, Domine, sieur Messire.*

A Mr Foucquet le jour des Roys (106 v.) : *Phœbé pour qui? c'est pour monsieur Foucquet.*

A Mr Foucquet, maistre des requestes (94 v.) : *En vérité je suis et quoi bien aise.*

*Id. (116 v.) : *En ce saint temps que l'on nomme caresme.*

A M. le surintendant Foucquet (94 v.) : *Depuis longtemps vostre bonté le sçait.*

*Id. (148 v.) : *La Muse en deuil de voir que ses pensées.*

DE L'ILLUSTRE M. FOUCQUET

(Impromptu).

Claude, vous avez bien fait faute
D'avoir oublié Monsieur Coste[1]
Qui ne vous avoit oublié,
Alors que dessous sa bannière
Nous allasmes à La Ferrière,
N'y fustes-vous pas convié?

Là, vous promistes en présence
De gens d'honneur et conscience,
S'il en est parmy les humains,
Que si vous escriviés au Comte
Vous lui manderiez sans mesconte
Tous ceux qui luy baisoient les mains.

1. Jacques Coste, comte de Charmes, sieur de Saint-Donat et de Batarnay, fils de François Coste, maître des comptes de Dauphiné en 1592, et d'Anne de Rostaing; il avait épousé Marie-Françoise de Simiane, fils de Louis, seigneur de Truchenu, et de Louise de Monteynard. Il mourut président au Parlement de Dauphiné le 26 mars 1676. Le roi l'avait anobli le 1er novembre 1658.

Pour vous punir on vous ordonne
Comparoistre en propre personne
Pour estre oüi sur certains faits,
Et respondre par vostre bouche,
Et comme la chose nous touche
Nous voulons estre satisfaits !

Mandons au premier nostre garde,
Armé d'espée, de halebarde,
Sy de faire il en est requis,
Qu'il aille adjourner ledit Clode
En quel lieu du monde qu'il rode
Et sans prendre aucun parentis[1].

Fait à Romans pour nous esbattre
L'an mil six cens quarante-quatre,
Un dimanche ou bien un lundy,
Lequel des deux il ne m'importe,
Mais seulement qu'on fasse en sorte
Qu'il s'y rende le samedy.

Nil mihi rescribas, attamen veni.

IMPROMPTU RESPONSIF S'IL EN FUT JAMAIS

Grand Génie de l'Intendance
Que le Ciel nous avoit promis,
Dont la Fable a mis l'abstinence
Dans le rang de nos Ennemis,
Que ta santé soit éternelle,
Qu'elle soit si douce et si belle
Que les Destins en soient jaloux,
Et que les Parques soient gênées
A ne plus filer tes années
Qu'avecques du poil de velous!
On nous dit que ces vieilles dames,
Car on leur peint ridés museaux,
Filent la trame de nos ames
Sujette aux coups de leurs cizeaux;
Ceux qui croiront telles sornettes
Mériteroient porter sonnettes
Sur la creste de leur bonnet :
Tout beau, Muse, je m'incommode,
Je voy que je commence une ode
Et je ne veux faire qu'un pet.

1. Parentage.

SONNET

Quand Phœbus à ce jour qu'on dédie à la Lune
Attellera son char de son cheval grison,
En ce mesme moment que dans nostre horizon
Il renflera ses feux sur les flots de Neptune.

Si je ne suis gesné par bizarre fortune,
Vous verrés à Romans, dedans vostre maison,
L'esclat majestueux de nostre poil grison
Si ce n'est le matin, ce sera sur la brune.

Là je prétends respondre à vostre adjournement;
Mais quoy, je dois finir et je ne sçay comment,
Ce sonnet est sans pointe et je n'y prends pas garde!

Ah! qu'inutilement je m'en mets en soucy :
Vostre Garde m'exploite avec sa hallebarde,
J'en emprunte la pointe et je la mets icy.

LETTRE AU MESME

Depuis longtemps, je Claude que voicy,
Pour vous gaudir en vers *nihil feci*,
Et de gaudir estoit bien peu capable
Un malheureux, ou bien un misérable
A qui malheur entassé sur malheur
A bigué joie en amère douleur;
A qui plaisirs ne viennent qu'en litière,
Et qui ne fait un brin de chère entière,
Qui n'a peu voir un seul heureux moment
Suivre celuy de vostre éloignement,
Dont maintenant ne vous escriray mie
Qu'en lamentant, ainsy que Jérémie,
Qui le premier a treuvé la façon
De se douloir et dire une chanson,
Qui pitous cas et douloureuse peine
Mist le premier sur le ton de Birène
Lors qu'on chantoit au bonheur endormy :
Ou estes-vous, Birène, mon amy[1]?
Pour exprimer l'excès de mon martyre
De mots pareils ne conviendroit le dire,

1. C'est une allusion à une célèbre chanson de cette époque dont ce vers était le refrain. Cette chanson exprimait les larmes d'Olimpie, abandonnée par Birène (*Orlando Furioso, canto X*). L'air s'en retrouve noté, dans la seconde partie, p. 127 de *La Pieuse aloüette avec son tirelire; le petit cors et plume de nostre aloüette sont chansons spirituelles qui luy font prendre son vol.... Valenciennes*, 1661.

Si le respect qui doit m'humilier,
N'avoit jugé cet amy familier.
Donc pour tirer ce respect de la gesne
Je vous diray, sans vous nommer Birène,
Laissant n'agir ce respect qu'à demy,
« Où estes-vous, Monsieur et cher Amy?
» En quel pays, en quel lieu de la terre?
» De quelles eaux rincez-vous vostre verre?
» En quelle Eglise oïés-vous le sermon?
» De soubs quel air danse vostre poulmon?
» Quel marchepied supporte vos galoches?
» De quels clochers entendez-vous les cloches?
» Bref, sous quel Ciel, quel air ou quel climat
» Conjuguez-vous *amo*, *amas*, *amat*? »
Conjugaison plus nécessaire à l'estre
Que de pinter, de dormir ou de paistre,
Lors qu'un objet, par l'organe des sens,
En fait souffrir les mouvemens pressants,
Qu'une beauté vous inspire dans l'âme
Des vœux de feu et des désirs de flame,
Lors que nos cœurs obsédés par l'amour
Veulent quitter le lieu de leur séjour.
Or, revenons au vostre et que je sçache
Dessoubs quel toit vostre pourpoint se cache;
Mais à quoy sert de me mettre en soucy
Que soïés là puisque je suis icy
Embarrassé dedans ma chacunière,
Où Fortuna me laissa dans l'ornière,
Où je n'ay pas seulement de l'espoir,
Où j'ay des yeux et ne puis vous revoir,
Et que fléaux qui fessent la Provence[1]
Font tel obstacle à mon impatience.
Que ne voudrois que fussiez en chemin,
De male peur que vostre parchemin
Ne s'exposast à ce poison funeste
Que Médecins ont appelé la peste;
Si qu'il faudroit pour estre en Languedoc,
Avec seurté mener monsieur Saint-Roc[2].
Or ce bon Saint est dans un lieu sans doute,
Dont pour sortir clair-voyant ne voit goutte;
Pour l'en tirer les vœux des bonnes gens,
Tous les exploits que donnent les sergents,
Voire un arrêt nous seroit inutile
Tant Paradis est une bonne ville,

1. Cette lettre est probablement de 1650, et du mois de février : à cette époque la peste était signalée comme sévissant en Dauphiné et en Languedoc.
2. Ce Saint est invoqué pour se protéger des épidémies.

Où le plaisir attache tellement
Qu'aucun ne sort sans bien sçavoir comment;
Puis le portier soit qu'on entre ou qu'on sorte
Très rarement en ose ouvrir la porte;
Le bruit des gonds possible hors de propos
Des bienheureux troubleroit le repos;
Il en pourroit estre mis à l'amende
Et s'exposer à quelque réprimande;
Ainsi je crois et crains avec raison
Que ne pourrez quitter vostre maison.
Voilà les maux dont mon âme oppressée
Ne peut qu'à peine exprimer la pensée.
Oui, sans mentir, je connois que ce mal
De mon burlesque estouffe le canal;
Mes vers en ont pris la mine sévère,
Le groin estroit comme Père Macaire[1],
Cela soit dit sans luy faire d'affront,
Carmes et vers la mesme chose sont,
Et ne voudrois, Monsieur, pour bonne chose
Avoir esté si familier en prose,
Mais l'on permet de semblables rébus
Et poetis et Pic Pictoribus.
Si *pic* deux fois en cet endroit j'allègue,
C'est que ma Muse estoit tant soit peu bègue :
Bien lui a pris de l'estre en cet endroit,
Car autrement syllabe en vers faudroit;
Vers ont des pieds autant que les chenilles,
Faute de pieds on leur met des chevilles :
Carmes aussi pieds et chevilles ont.
Mais revenons, Monsieur, à celuy dont
Est question, il a pour vous l'estime
Qu'on ne sçauroit vous refuser sans crime;
En me parlant de vous, son seul abord
M'auroit tiré des griffes de la mort,
Tant j'ay plaisir de treuver qui me conte
De vos bontés le nombre qui surmonte
Stellas cœli vel arenas maris,
Et la caverne immense des maris
Qui, front cornu portent comme Moïse,
Comme Vulcain ou son rival Anchise
Et leurs pareils, que prude Antiquité
A décorés de cornéicité.
Or Dieu nous gard de telle expérience,
Et vous de vers dont la longueur offence,

1. Il est question du Père Macaire à la date de novembre 1650 dans le *Journal des Guerres civiles de Dubuisson-Aubenay*. C'était un carme déchaussé « homme en réputation de mérite ».

Et que je sois bœuf, cerf, bouc ou bélier,
Plustost que veoir que puissiez oublier
Vostre très...

A MONSIEUR FOUCQUET, LA VEILLE DES ROYS

Phœbé, pour qui? C'est pour Monsieur Foucquet,
Muse, reprens ta verve et ton caquet,
Prosne cent vers, sois un peu moins rétive,
Inspire-moy, Rondeau, Sonnet, Missive,
Bien peu me chaut quelque ce soit des trois,
Rien ne te force et tu en as le choix.
Ah! je voy bien que tu ne peux rien faire
Sans le secours de Monseigneur ton Frère[1],
Brillant Phœbus, toy que Copernicus
Faisant rouler le théâtre des cocus
Rend immobile ainsy qu'une statuë,
C'est un menteur ou le Diable me tuë.
Je sçay fort bien où tu vas te coucher
Pour donner tresve au mestier de Cocher;
L'alme Thétis te reçoit dans sa couche,
Moites baisers tu reçois de sa bouche,
Mesme l'on dit que pour la mettre en rut
Elle consent que tu portes ton lut.
Quand je seray comme toy las de boire,
Je te promets d'en escrire l'histoire
D'un styl si haut, si fort, si relevé,
Que l'on croira que ma veine a crevé.
Mais maintenant la pauvre est espuisée,
Fais la grossir de la sainte rosée
Que te produit, par ces douces vapeurs,
Un beau vallon que cultivent tes Sœurs.
Je ne sçaurois boire de leur Fontaine
Et ce nom seul me maltraite et malmène :
Estre de feu dans ce moite élément
Il n'appartient qu'à toy tant seulement.
Mais sans mentir, je t'en croirois indigne
Si tu n'avois au Parnasse une vigne;
C'est de son jus et non pas de son eau
Que je prétends m'eschauffer le cerveau.
Ce suc divin fait produire en mon âme
Des vers de feu et des pensers de flame,

1. François Foucquet, né le 22 juillet 1612, conseiller au Grand-conseil en 1632, et au Parlement en 1633, abbé de Saint-Sever en 1641, évêque de Bayonne en 1637, d'Agde en 1643, de Narbonne en survivance en 1656, titulaire en 1659 et relégué à Alençon en 1661.

J'en ay tant bu que j'en ay le hocquet.
Laissons Phœbus, revenons à Foucquet :
Rare Monsieur, et si je t'incommode
C'est par ces vers fagottés à ma mode,
Que tu verras que ton esloignement
Fust de mes jours le plus fascheux moment.
J'ay veu cent fois ma constance abattue
Par ce malheur dont le penser me tue.
Depuis ce temps cent maux m'ont assailli,
J'en ay l'esprit déconfit et vieilli.
L'on ne dit plus à Vaux[1] quand on me raille
Que j'ay le groin barbouillé de grisaille,
Certainement on le dit tout de bon,
Moy qui jadis fut plus noir qu'un charbon,
Qui suis plus gris que n'est la cendre esteinte,
J'ay bien raison de former cette plainte;
Chacun me chasse et me dit : « Hors d'icy,
» Vieillard chagrin, triste, morne, transy, »
Et plust au Ciel qu'on m'eust chassé encore
Jusques aux lieux où se lève l'Aurore,
Et que le sort peust permettre en ces lieux
Le doux plaisir de vous voir à mes yeux;
Je reprendrois cette couleur vermeille
Et cet éclat brillant de la bouteille
Qu'on t'apportoit pleine de vin lucquois;
Piteuse mort de son fatal carquois
En décochant une maligne flesche
Dedans le cœur de ton maistre a fait bresche:
Disons pour luy Messe de *requiem*,
Car Dieu mercy son vin se porte bien;
Mais le plaisir d'en humer ne me touche :
Estant sans vous, je ne suis qu'une souche;
Osté l'espoir que j'ay de vous revoir,
Rien ne me plaist, rien ne peut m'esmouvoir.
Ah ! que ce bien où je n'ose prétendre
Pour mon malheur se fera bien attendre !
Tous mes amis que je ne nomme pas,
Qu'on peut nommer amis de Gigondas,
Vont languissant dans une mesme attente.
Se peut il pas qu'un bon démon vous tente?
Que vous soyez encor nostre intendant,
Car maistre Yvon[2] passe pour curedent;

1. Foucquet fit travailler à Vaux dès 1640, mais les grands travaux du château ne commencèrent qu'en 1656.

2. Pierre Yvon, sieur de Lozières, le plus jeune fils de Paul Yvon, sieur de La Leu, l'Hommeau, le Plomb, Saint-Maurice et Lozières, marié à Marie Tallemant, fille de François Tallemant.

Ce Pierre Yvon, conseiller au Parlement le 18 janvier 1636, avait été nommé, en

Au nom d'Yvon l'on peut dire sans doute
Un qui vous quille ou bien un qui vous f...,
Quand je dirois ce mot tout aujourd'huy
Ce ne seroit, sur ma foy, que pour luy.
Telle antienne ou bien telle prière
Convient fort bien à monsieur Saint-Lozière;
N'en faisons plus commémoration,
Il treuve icy peu de dévotion :
Il se trémousse, il traite et quoy qu'il fasse,
Il ne fait rien que de mauvaise grâce,
Les compliments sont parfois dans l'excez,
Et bien souvent il n'en fait pas assez [1];
Considérant ses mœurs et sa personne,
Dans cet employ ce mauvais choix m'estonne,
Voire il me sucre, un autre auroit dit f...,
Mais en ce temps on n'ose dire tout.
Quoy qu'il en soit ou quoy qu'il en puisse estre,
Soïons d'accord que c'est un pauvre prestre [2];
Souhaitons-luy que durant tout cet an
Je n'aye point d'autre amy que Jourdan [3],
Que la Louvat [4] luy soit toûjours farouche,
Qu'il ait son cul lorsqu'il voudra sa bouche,
Et que Brûlon [5] luy coupe son outil.
Amen trois fois, *amen*, ainsi soit-il.
Le brave Coste [6] enrage, peste, jure,
Le luy nommer, c'est luy faire une injure.
De tous les biens aucun ne nous est doux
Que d'estre seuls et de parler de vous.

1645, intendant de justice et de police de Dauphiné, à la suite de la disgrâce de Nicolas Foucquet.

Il est longuement question de Pierre Yvon dans l'*Historiette* de Tallemant : *La Leu et Lozières et madame de Lalane.*

1. « Il cajolloit partout et cajolloit d'une façon pitoyable : vous eussiez dit qu'il prononçoit un arrest: il estoit pesant à la main. C'estoit un grand homme tout d'une pièce; jamais homme n'eut tant de besoing de sacrifier aux Grâces... » (Tallemant).

2. « Il prit tout d'un coup (dans sa jeunesse) le petit collet après s'être fait catholique; mais il ne portoit point la soutane et n'avoit point de bénéfices.... Lozières se remet à estudier le latin et se fait recevoir conseiller d'Eglise au Parlement de Paris... (Tallemant).

3. Ce Jourdan ne serait-il pas le père de Gaspard Jourdan, baron de Saint-Lagier, conseiller du roi et trésorier de la Généralité de Provence en 1706?

4. Anne, fille de Jacques Louvat, sieur de Barberon, et de Angèle de Ponchon. Mademoiselle de Louvat, eut en 1641, avec M. de Valencin une aventure qui n'aboutit pas à un mariage. En 1662, elle est l'objet d'un quatrain cynique dans une satire contre les dames de Grenoble : *Galanteries grenobloises* :

Si vos actions sont sans crainte
Vos plaisirs seront sans profit,
Si d'hazard, vous estes enceinte,
C'est plutost d'un doigt que d'un....

5. Jean Déageant, sieur de Bruslon, fils de Gaspard Déageant. Il mourut le 1er juillet 1650.

6. Voir sur Coste, p. 5, note 1.

A MONSIEUR FOUCQUET, MAISTRE DES REQUESTES

En ce saint temps que l'on nomme Caresme,
Où l'on deffend chair, œufs, fromage et cresme,
Où le poisson est mon seul aliment,
Je ne vous fais qu'un maigre compliment;
Ces dures loix de qui la tyrannie
Destruit le corps, affoiblit le génie,
Et je ne puis croire qu'un affamé
Quoy que poëte ait jamais bien rimé!
Ces bons seigneurs s'eschauffent la bedaine
Par l'hypocras mieux que par l'Hipocresne.
Certain autheur que j'ay, filetté d'or,
Fait de l'esprit le ventre largitor[1],
Ventre autant plein, car personne ne cuide
Qu'oncques Nature ait pu souffrir le vide,
Qui se remplit plustost d'air et de vent,
En cet estat réduit très peu souvent;
Mais maintenant ce temps de pénitence,
Malgré mes dents me force à l'abstinence,
D'où je me sens si foible et si flouet
Qu'en vous parlant je demeure arouet[2].
Muse, m'amour, mets ta verve en campagne,
Eschauffe-toi d'un doigt de vin d'Espagne,
Mets sur ta peau cette peau de vautour
A qui je fais assez souvent ma cour.
Ah! je ressens une chaleur nouvelle,
A mon secours, à moy, Jean de Nivelle!
Sus petit doigt, Guéridon, Pont-breton,
De vostre style je veux pour un teston[3]
Dont maistre Yvon[4] fournira la matière,
Autant ou plus que cette ville entière,
Car ce Monsieur depuis qu'il est icy
De cent muzeaux est l'amoureux transy;
C'est l'Intendant de toutes nos coquettes;
Il change moins d'habits que d'amourettes;
Son secrétaire et messieurs ses valets
Escrivent moins en procès qu'en poulets;
Avec amour il ne fait point de tresve :
Après la femme, il veut avoir la vesve,
Et puis la fille, et, surprise, en ce choix
Il n'en a point, les voulant toutes trois!

1. Généreux (?). Dans l'ancienne langue Largiteur signifiait celui qui donne largement.
2. Arouet, pour enroué.
3. Guéridon, chansons nouvelles.
4. Pierre Yvon, sieur de Lozières, voir p. 117, note 2.

« Mes fuseliers[1] pour garder mes conquestes
» Auront toujours, dit-il, les armes prestes ;
» Quelques bijoux et quelques diamants
» M'érigeront en Phénix des Amants.
» Pour les beaux pas, pour la mine et la grâce,
» Dans tous les bals, j'ay la première place,
» Si l'on m'avoit frotté de Tripoli
» Je ne serois plus net ny plus poli.
» En mots nouveaux, en contes, en sornettes,
» En quolibets, rébus et chansonnettes,
» En bouts rimez je suis, mon doux Jésus,
» Une autre fois plus riche que Crésus.
» Des vrais amants, je suis le prototype,
» Et le jardin de dame Rhétorique
» N'a pas de fleur dont le mignard bouquet
» N'ait adouci le bruit de mon caquet.
» Je sçay par cœur six tomes de *Cassandre*[2],
» J'ay le gousset aussi doux qu'Alexandre ;
» Bref, devant moy, je croy, sans me flatter,
» Qu'il n'est beauté qui puisse résister. »
A tout cela Jourdan[3], le véridique,
Ayant toussé, puis craché, luy réplique :
» Mervoiés[4]-vous et vous croirez un fou,
» Je veux, Monsieur, qu'on me casse le cou
» Si vos discours n'ont trop de modestie,
» Je m'en rapporte à Coste, à la Bâtie[5],
» Vos qualitez peuvent pour leurs tesmoins
» Produire ceux qui vous aiment le moins.
» Mais, brisons-là, car vous faites la moüe
» A qui vous dit du bien, à qui vous loüe ; »
Ainsy ces gens, se flattant à crédit,
Croiront tout seuls aux douceurs qu'ils ont dit.
Ce bon prélat[6] toujours l'autre cajolle
Qui craint, dit-on, d'en prendre la vérolle ;
Qu'elle leur vienne, et que ce doux printemps
Dessus leur front cent boutons esclatants
D'un chapelet, pour le dire à ses festes,
Puisse parer leurs héroïques testes ;
Qu'ils soient toujours esloignez de ces lieux,
Qu'ils soient l'horreur et des cœurs et des yeux,

1. Pour fusilier, soldat d'infanterie porteur d'un fusil.
2. *Cassandre*, roman publié en dix volumes de 1643 à 1645, de Gautier de Coste, seigneur de La Calprenède, et réimprimé plusieurs fois.
3. Jourdan, voir p. 12, note 3.
4. Mervoier ou marvoier, dans l'ancienne langue, signifiait entrer dans une mauvaise voie, s'égarer dans ses paroles, extravaguer, etc.
5. La Bâtie de Chaulne : Claude de Chaulne : Pour Coste, voir note 1, p. 5.
6. Pierre Scarron, évêque de Grenoble.

Qu'ils soient l'objet des fines médisances
Et l'ornement des plus hautes potences,
Ou que, du moins, ils soient tousjours couverts
De beaux béguins et francs chaperons verts;
Que cet oiseau qui roussine à merveilles
De qui Midas emprunta les oreilles,
De cent baisers les aille caressant,
Et que ce bien aille toûjours croissant.
Que direz-vous de l'ardeur qui m'emporte?
Je ne sçaurois en parler d'autre sorte,
Et ne croy pas devoir d'autre douceur
A vostre indigne et lasche successeur;
Que si pourtant vostre bonté se pique
De ce discours semi-panégyrique,
Quand Jupiter devroit sur moy tonner,
Je vous promets de n'y plus retourner.
Grand Jupiter, toy qui as formé l'homme
Ou n'en fais plus ou bien fais-nous les comme
Nostre Foucquet; fais qu'il nous soit rendu;
Dans ce moment que nous l'avons perdu,
Coste, Daubi[1], Bruslon et La Bâtie,
Ont bien senti ta main appesantie;
Il n'est point d'homme, hors quelque beuveur d'eau
Qui n'ait subi la rigueur du fléau,
Pire cent fois, et cent fois plus funeste,
Que n'est la faim et la guerre et la peste.
Finir par là, certes c'est mal finir;
Mais je ne puis plus vous entretenir :
Maistre Apollon dont je suis secrétaire
M'a commandé de finir et me taire.
J'aimerois mieux voir mon mestier noié,
Que le faisant vous avoir ennuié,
Au mois de Mars auquel les hirondelles
Des pays chauds apportent des nouvelles,
Le vingt-et-neuf, ainsy que je le crois.
Si j'ay failli, comptez-le par vos doigts.

A MONSIEUR LE SURINTENDANT FOUCQUET

Depuis longtemps, vostre bonté le sçait,
Ma triste Muse a tenu le *tacet*,
De vos concerts se connoissant indigne,
Entonné n'a pour vous verset ni ligne;

1. Coste, Bruslon (Déageant), La Bâtie (Ch. de Chaulne) ont déjà été cités. Il s'agit probablement d'un Dauby, conseiller au Parlement de Grenoble, à moins que ce ne soit Barthélemy Dauby, écuyer ordinaire de la Grande Ecurie du Roi, lieutenant de la Compagnie du duc de Lesdiguières à Grenoble.

Puisqu'aucun nom de Parnasse elle n'a
Souffrez que je la nomme *Entonnéna* ;
Entonnéna donc gardant le silence,
S'est fait, Seigneur, beaucoup de violence,
Et le respect qu'on doit à vos emplois
A retenu sa plume dans mes doigts.
Les soins divers où l'Estat vous appelle
Ne peuvent plus souffrir la bagatelle,
Et quand un Saint prest à canoniser
Auroit osé vous bagateliser,
Sa sainteté dans ce moment ternie
L'auroit banni de toute litanie,
L'auroit banni de tout droit *d'oremus*,
Le Saint enfin seroit resté camus.
Quand nous sçaurions mesme que son image
Des autres nez pourroient prétendre hommage ;
Pour moy qui ne suis pas des plus hardis,
Qui suis des moindres Saints du Paradis,
J'ay deub tout craindre et n'oser vous escrire,
Mais quel malheur pourroit m'arriver pire
Que veoir mon nom dans vostre souvenir
Hors de ce rang qu'il y souloit[1] tenir.
Mille jaloux riroient de ma disgrâce
Et dans l'espoir de m'y ravir la place,
Dans ce silence honteux et criminel
Me noirciroient d'un opprobre éternel.
J'aymerois mieux qu'*Entonnéna* fut more,
Et, s'il se peut, mesme plus brune encore.
Quand vostre accueil eust fait sa vanité
Elle se crut Muse de qualité :
Elle faisoit la brune et la gentille,
Et débitoit des rimes par la Ville ;
L'on disoit bien : « Il est bien de besoin,
» Ces vers ne sont que l'essence du foin
» Dont se nourrit celuy qui les compose » ;
Dans ce rebut je reprenois ma prose,
Et me faisant la grâce de m'aimer
Vous m'ordonniez encore de rimer.
Mais maintenant, Seigneur, par parenthèse,
Il est esgal qu'on chante ou qu'on se taise ;
Quand mes chansons feroient vostre plaisir
Mille desseins tueroient vostre loisir.
Vos deux emplois[2] n'en n'ont jamais de reste,
Chacun des deux au loisir est funeste ;

1. Avait coutume, du verbe *souloir*, avoir coutume.
2. Foucquet avait la charge de procureur général au Parlement depuis 1650 et celle de surintendant des finances avec Servien, depuis 1653.

Seul ennemy de vos nobles travaux
Il va chercher soubs les arbres de Vaux,
Ne pouvant plus vous aborder en ville,
Un lieu secret qui luy serve d'azile.
Il me souvient que le bruit importun
De Messeigneurs les Tambours de Melun,
Ne croyant pas de pouvoir le surprendre,
S'en vint un jour le sommer de se rendre,
Le menaçant de luy donner assaut;
Mais il traita le drôle comme il faut :
Sans se troubler, sans se mettre en deffence,
Il luy fit veoir le calme et le silence,
Qui reposoient soubs l'ombre d'un Ormeau
Victorieux du murmure de l'eau;
Le bruit resta confus de son audace
Et le loisir seul maistre de la place,
Qui, toutefois, n'est pas bien volontiers
D'intelligence avec vos ouvriers;
Mais il prétend, malgré leur entreprise,
De les chasser comme péteurs d'Eglise,
Par un secours que luy promet le temps;
Alors, Seigneur, mes vœux seront contens.
Lors sans troubler le cristal des coulettes,
Nos colibets, nos chansons, nos sornettes,
Et mon rebec, si je sçay l'accorder,
Ne craindront plus de vous incommoder.
En attendant, permettez-moy de grâce
Que je consulte avecque le Parnasse,
Et qu'aprenant de nouvelles douceurs
Dans les concerts de ses sçavantes Sœurs,
J'ose espérer, sans estre téméraire,
Le bien charmant qu'il y a de vous plaire :
C'est le seul but de mon ambition !
Quand je devrois être comme Ixion,
Par Jupiter cloué sur une rouë,
Je m'en rirois, et luy ferois la mouë.
Dans ce dessein, rien ne peut m'arrester,
Et mon respect aura beau contester,
Je seray sourd et je luy feray niche.
De vos pareils la Nature est peu riche,
Un siècle entier à peine en peut donner;
Quand il les donne, il les faut mittonner.
Pour ne pas témoigner un sentiment contraire,
Pour éviter tout accident,
Il faut finir, Seigneur, vous bénir et me taire,
Bien que l'on n'ait jamais béni Surintendant.

A MONSIEUR LE SURINTENDANT

Ma Muse en deüil de veoir que ses pensées
Sont par le faix de mes jours abaissées,
Que son Phœbus n'estant plus jouvenceau
Ses vers ont peu de l'esclat du ponceau,
Qu'ils n'en ont plus qu'une foible teinture,
Que sa rimaille en changeant de nature
L'expose encor pourtant à rimailler;
Hélas! Seigneur que vous allez bailler
Si vous lisez cette ennuyante lettre;
Il vaudroit mieux beaucoup n'y plus rien mettre,
Et sans produire un si fascheux effet
La terminer par un « Ma foy, c'est fait. »
Mais qu'en diroient les amis de Voiture?
De son rondeau gaster l'architecture,
Luy desrober et la base et le front,
Seroit luy faire un trop sensible affront[1].
Monsieur Costart[2] prenant la défensive
Seroit petit escrivain de missive,
Et feroit tant de bruit pour ce larcin
Qu'il vaudroit mieux que j'eusse le farcin.
Farcin pourtant maladie est mortelle
Pour tout cheval alezan, isabelle,
Aubère, blanc, rouan, noir, gris et bai.
Donc tout cheval farcineux n'est point gai.
C'est une peste étrange et dangereuse.
Faisons du moins ma lettre farcineuse,
C'est le moyen de luy donner le feu
Et de ne vous ennuyer que bien peu.
Mon cher Seigneur, si ma lettre vous blesse,
Supprimez tout, n'en lisez que l'adresse,
Vous y verrez un nom qui sçait charmer,
Un nom qui touche et qui se fait aymer;
Mais *ut octo* huict lettres qu'on rassemble,
Font ce beau nom quand elles sont ensemble,
Et quitteroient volontiers l'Alphabet
Pour ne servir désormais que Foucquet :
F fuiroit jusques au bout du monde,
O rouleroit sur la terre et sur l'onde,
S'il n'estoit point à ce nom attaché,
U ne vit plus, s'il en est arraché,

1. Il s'agit du célèbre rondeau de Voiture : « Ma foi, c'est fait de moy, car Isabeau », qui avait paru anonyme dans le *Recueil de divers Rondeaux de 1639* et ensuite dans les *Œuvres de Voiture*, 1650, in-4.

2. Costar, chanoine du Mans, qui venait de publier : *La défense des Œuvres de Voiture*, 1653.

C court toûjours de crainte qu'il n'eschappe,
Le **Q** sans bruit s'assied comme un satrape,
U qui s'y voit une seconde fois,
En est plus fier qu'aux noms des derniers Roys,
E sans ce nom nous dit qu'il veut point estre,
T qui tient tout des autres se croit maistre,
Et se riant et se mocquant de tout,
« Enfin, dit-il, j'ay tenu le bon bout! »
Teint, Taille, Traits, qui faites qu'on souspire,
Sans qui l'Amour se verroit sans Empire,
Je ne veux plus servir en si bas lieu,
Et je vous dis un éternel adieu!
Quelques beautés qui m'en fassent la mine,
Je suis trop fier du nom que je termine :
Vénus souloit, qui m'avoit emprunté,
Me veoir encor soustenir sa beauté
Dont elle craint la juste décadence,
Et j'en suis mesme avec elle en instance;
Mais par faveur l'on m'a mis au parquet
Où l'on conclut que je serve à Foucquet;
Mais si quelqu'un désormais se propose
De m'employer soit en vers, soit en prose,
Ce ne sera que pour luy seulement,
Pour ses bontés et non pas autrement,
Pour sa vertu, car sa vertu m'employe,
Dont j'ay beaucoup et de gloire et de joye,
Et sans avoir l'honneur d'estre mandé
Je sers au Saint de monsieur Saint-Mandé[1].
Pour Vaux du moins j'en enrichis les plaines
Par le cristal dont brille ses fontaines,
C'est moy qui fais esclater leur argent
Qui sonneroit assez mal autrement,
Qui rend ce lieu si beau, si délectable;
Il m'a donné le haut bout de sa table,
De ses tableaux j'ay formé chaque trait,
Je le sers mesme en son divin portrait;
Je suis charmé de l'employ qu'il me donne,
Et l'aime plus cent fois qu'une couronne
Dont la puissance et toute la grandeur
Ne m'a rien plus touché que sa rondeur.
Monsieur le **T**[2] ma Muse est offensée
De tout rouler sur la mesme pensée,
Vous sermonés du matin jusqu'au soir,
Vous la mettrez enfin au désespoir;

1. Maison de campagne de Foucquet.
2. Il s'agit certainement de la lettre T, citée ci-dessus, qui termine le nom du surintendant Nicolas Foucquet.

Vous avez trop prosné vostre louange :
Le désespoir est une chose estrange,
Le désespoir a fait mille pendus
Mal à propos dessus l'air estendus.
Lors que Didon l'amante infortunée
Vit le talon et le gigot d'Enée,
Car les talons sont bien près du gigot,
De son beau corps elle fit un fagot,
Et, dans sa cendre, elle estouffa la flame
Du feu secret qui dévoroit son âme;
Le désespoir la prenant à tel point
Qu'elle en brûla le moule du pourpoint,
Si vous voulez celuy de la chemise ;
Le désespoir de la belle Arthémise
Luy fit gober de cendres un boisseau
De son mary mort jaloux et rousseau,
L'Histoire dit qu'il avoit nom Mausole;
Quand Marc-Anthoine eut perdu la parole,
Cléopâtra qui n'avoit pas le tic
Se fit piquer d'un venimeux aspic;
Lors que Tarquin tarquinisa Lucrèce,
Et qu'il en eust la dernière carèsse,
Le désespoir de ce brutal dessein
Exécuté, luy mit le fer au sein;
La vertu lors se vist estre victime
Par cette mort de l'ordure et du crime,
Qu'un autre siècle eust fait voir abattu
Dessoubs les pieds d'une haute vertu.
Certain romain nous apprend qu'Aristote,
Qui n'avoit pu fourrer dans sa calotte
Le mouvement du flus et du reflus,
Luy dit « Adieu! je ne te verray plus ».
Le désespoir avoit esmeu sa bile,
Il se jetta dans l'eau comme une anguille,
Sans doubte il creut de recevoir leçon
Sur ce sujet de quelque vieux poisson;
Il y périt et fut poisson luy-mesme,
Et l'on permet de le lire en caresme.
Remémorer ces tragiques effets,
Vous les sçavez. Dieux! qu'est-ce que je fais
De m'amuser à vous citer l'histoire?
Le désespoir est chose affreuse et noire,
Et d'en avoir l'esprit embarrassé
Mieux me vaudroit un nez de trépassé,
Quand il seroit comme un bec de bécasse.
Mais ce discours impertinent vous lasse
Et vos bienfaits pourroient me reprocher
D'avoir esté facile à vous fascher.

C'est un faux pas que je ne dois point faire,
Ma passion m'ordonne de me taire,
Et mon respect qui ne peut la quitter
Luy tient la bride et me fait arrester.
Lors qu'un désir pressant me sollicite
De rendre hommage aux vertus, au mérite,
Le vostre seul ose se présenter,
Dieu sait, Seigneur, si je puis contester.
Mais dans ce grand sujet qui se propose,
Un autre mais, un timide, je n'ose,
Et qui pourtant sçait me donner des loix
Saisit ma plume et me l'oste des doigts :
N'en ayant plus, je ne sçaurois escrire.
Aussy, Seigneur, rien ne me reste à dire
Qu'un grand : « Je suis » avec son compliment
Mais qui n'est vray que pour vous seulement.

BASILE FOUCQUET

Basile Foucquet, baron de Dannemarie, frère du surintendant Nicolas Foucquet, né le 22 août 1623, fut, sans être prêtre, trésorier de la basilique de Saint-Martin de Tours, abbé de Rigny (1646), de Nouaillé (1651). de Barbeaux (1652), et chancelier des Ordres en 1656.

Ame damnée de Mazarin pendant la Fronde, procureur général à Metz, intendant de la police à Paris en 1656, il se brouilla avec le Surintendant dans les derniers mois de 1657 et contribua à sa chute. Exilé a Tulle, à Bazas et à Mâcon, il revint à Barbeaux en 1678 et mourut deux ans après.

Nanteuil acheva son portrait et le fit tirer en 1658.

Chéruel a porté sur Basile Foucquet le jugement suivant :

« Activité, souplesse d'esprit, fécondité de ressources, intrépidité dans la lutte, zèle et ardeur poussés jusqu'à la témérité, telles sont les qualités que déploie d'abord l'abbé Foucquet. Après la victoire, ses vices apparurent et le rendirent odieux ; ambitieux, avide, insolent, s'adonnant aux plaisirs avec une scandaleuse effronterie, il provoqua la haine publique et contribua à la chute de son frère ».

Le Ms. de Chaulne contient deux lettres adressées à l'abbé Foucquet :

Réponse : *Des sentiments plus nobles que les vôtres*.
* A l'abbé Foucquet : *Abbé sans pair, cher ami des vertus.*
Cette dernière lettre que nous reproduisons, écrite vers 1654, est curieuse; elle s'étend longuement sur les armes de la famille Foucquet et sur sa devise : *Quo non ascendam* qui n'était pas, comme on l'a dit, particulière à Nicolas; elle se termine par des médisances à l'adresse de Servien, surintendant des finances en même temps que Nicolas.

A MONSIEUR L'ABBÉ FOUCQUET (1652)

Abbé sans pair, cher amy des vertus,
Tristis hiems et tarde senectus
Engourdissants la veine poétique,
L'avoient enfin rendue paralytique,
Et le respect mesme que je vous dois,
L'avoit saisi, jusques au bout des doigts.

Ses dures loix me faisoient croire un crime
La liberté de vous escrire en rime,
Et que mes vers pourroient blesser vos yeux
Faute d'avoir un minois sérieux;
A qui voudroit s'attacher à la lettre
Icy minois ne se devroit point mettre,
Car on n'a veu minois qu'aux vers suivants
Depuis cinq mille et six cens vingt-sept ans[1],
Id est depuis que Phœbus fait la ronde
Et dans le Vieux et dans le Nouveau Monde.
Mais si mes vers enfin ne brillent pas
De mots pompeux, de grâces et d'appas,
Bref, s'ils ne sont que chétive rimaille,
Pour abréger s'ils ne sont rien qui vaille,
Ils ont cela de commun avec ceux
Qui sont rampans, s'ils ne sont lumineux;
Estre rampans n'est pas estre sans charmes :
Lions rampans font maintes belles armes,
Lions rampans ou non ont autrefois
Des animaux esté choisis pour Rois,
Lorsque Noé, le vineux patriarche,
Les eut cachés au déluge dans l'Arche,
Quand la fureur en eust fait des tyrans,
Vostre Escureuil y eust ses partisans;
Si j'eusse eu voix dans la belle Assemblée
Il auroit eu la couronne d'emblée;
Un animal qui n'estoit pas baudet,
En le voiant dit *quo non ascendet*,
Dont l'Escureuil conçeut des espérances
Que vous avez changé en assurances,
Son sort estant et plus grand et plus doux
Ayant l'honneur, comme il a, d'estre à vous.
Cet honneur mit les lions en colère,
Pour se venger ils osèrent tout faire,
L'un d'eux pressé d'un généreux orgueil,
Jaloux de l'heur du fameux Escureuil,
N'osant prétendre à si hautes brisées,
Prist de dépit des armes opposées,
Dans un escu où l'on le voit encor
Lion issant parmy l'azur et l'or[2];
Ce beau métal qui sert à la finance
Le fist songer à la Surintendance,
Se proposant d'y donner seul des loix
Comme au pays où les borgnes sont Rois;

1. Cette année 1627 n'est certainement pas celle dans laquelle cette lettre a été écrite.

2. Armes de Servien : D'azur à trois bandes d'or, au chef d'argent, chargé d'un Lion regardant de gueules.

Les Quinze-vingts qui luy faisoient escorte
Pour ce dessein luy prestèrent main-forte,
Et l'on vit bien que leur aveuglement
Fust la raison qui fit leur mouvement.
A telles gens chaut fort peu que lunettes
Soient de cristal ou que vitres soient nettes,
Et que miroirs qu'ils prisent encor moins
De leurs deffauts soient ou ne soient tesmoins.
Leurs soins ne sont qu'à remplir de finances
Certains vaisseaux qu'ils tiennent par les anses,
Importunant le Ciel en attendant
Qu'un borgne seul en soit surintendant[1].
Or l'Escureuil ne voulant pas permettre
Telle entreprise, on dit qu'il se fist mettre
Diligemment, le cas estant urgent,
Tout enflamé dans un escu d'argent[2].
D'argent *autem* car soubs telle parole,
L'or du Péru, tous les flots du Pactole,
Ou pour le moins ses beaux sablons dorés
De la plupart des hommes adorés,
Sont entendus, mesme lorsqu'on demande
Une partie, une debte, une amende,
Que pour cela l'on envoye un Sergent,
L'on dit tousjours : « Donnez-moy de l'argent? »
Lorsque l'on veut parler d'un homme chiche,
Que chicheté fait avare et puis riche,
Du cent pour cent qu'il prend de l'indigent,
Ne dit-on pas : « Cet homme a de l'argent? »
Par ces raisons, voire d'autres encore,
L'on réduisit l'orgueilleuse Pécore
A faire bas, non pas de Saint-Marceau,
Mais de lion on le fit lionceau,
Sans que l'on pust porter les destinées
A le remettre en ses jeunes années :
Il en pleura, mais d'un œil seulement;
Ne l'ayant point voulu faire autrement :
Bien justement le royal quadrupède
Pleura d'un mal qu'il voyoit sans remède
Qui, depuis peu, pleura amèrement
Pour uriner un peu trop chaudement.
Les médecins qui en sçavent les causes
Disent qu'ayant trop avalé de roses,
Il en pissa les épines et qu'il
En eust grand mal aux lobes du pénil,

1. Abel Servien était borgne. Il avait été nommé surintendant en même temps que Foucquet.
2. Les armes de Foucquet étaient d'argent à un écureuil rampant de gueules.

Fust qu'il tomba deffluction si chaude
Qu'elle en sortit verte comme émeraude!
Or Dieu nous gard de l'appréhension
Que doit causer pareille fluxion.
Fuions, Monsieur, fuions toutes ces choses!
A ce Printemps, dans le retour des roses,
Qu'en nos repas on ne lasse jamais
Nostre appétit par de semblables mets!
Vous sçavez bien que *Mets*[1] est en Lorraine,
Pour moy qui le sçait bien aussy
Je veux finir ma lettre icy.
L'amy lecteur a trop de peine.
Ce qui me reste à dire et tout ce que je puis
Vous le sçavez, c'est que je suis
A l'Escureuil tout ce que l'on peut mettre
A la fin d'une lettre,
Et que je le seray, fut-il des millions
De rois faits comme les lions.

---

1. Basile Foucquet était procureur général à Metz.

HUGUES DE LIONNE

Hugues de Lionne, fils d'Artus de Lionne et d'Isabeau de Servien, naquit à Grenoble le 11 octobre 1611 et mourut à Paris le 1er septembre 1671. Il fit ses premières armes diplomatiques auprès de son oncle Abel de Servien. Au lendemain de la disgrâce de ce dernier, il entreprit un voyage à Rome où il rencontra Mazarin qui, séduit par ses brillantes qualités, l'emmena en 1641 à Munster en qualité de secrétaire d'ambassade. Devenu premier ministre, le Cardinal le chargea en 1642 d'aller en Italie pacifier le différend entre le pape Urbain VIII et le duc de Parme. Ayant réussi dans cette mission, il fut nommé conseiller d'Etat le 15 août 1643. Secrétaire des Commandements de la Reine en 1646, membre du Conseil de conscience en 1651, prévôt et grand maître des Ordres du roi en 1653, il assista en 1654, en qualité d'ambassadeur de France, au conclave qui élut à Rome le pape Alexandre VII, et en 1656, il négocia avec l'Espagne. Envoyé en 1657 à la Diète de Francfort, il contribua puissamment à la formation de la Ligue du Rhin qui divisait l'Allemagne en deux parts et empêchait l'Autriche de porter secours aux Espagnols dans les Flandres. En récompense de ses services, le roi le nomma le 23 juin 1659, ministre d'Etat, etc., etc.

Cette simple énumération des services rendus à la France par ce bon serviteur de la monarchie jusqu'au moment où se termine ce que nous connaissons de sa correspondance rimée avec Claude de Chaulne, donne un certain piquant à sa verve parfois plus que gauloise[1].

Le Ms. de Claude de Chaulne contient une lettre de Lionne et trois lettres de Claude :

Rép. de Lionne à la lettre de Claude de Chaulne qui répondait à la lettre de Madame de Revel. (*Je ne cuidois...*) : ** *Grand Président à teste raze* (cette lettre paraît formée de quatre lettres) : ** *Jugez donc du Parnasse, illustre Connestable; Vous mandez au comte ou Marquis; Possible, direz-vous, par arguments sublimes.*

Rép. à la lettre de M. de Lionne : ** *De tels ragoûts et de si friands mets.*

A Mr de Lionne rencontré près de Tain en revenant de Grenoble. ** *Depuis Sidon jusqu'aux portes de Tyr.*

A Mr de Lionne sur la grossesse de madame sa femme : * *Par Saint-Victor, voire par Saint-Marceau.*

1. Voir en dehors des lettres qui suivent, une longue citation (p. XIX) d'une lettre de Hugues de Lionne que nous n'avons pas reproduite.

M. DE LIONNE, SECRÉTAIRE D'ESTAT

A CLAUDE DE CHAULNE[1]

Grand Président à teste raze,
Du choix d'Apollon digne vaze;
Et son premier Gonfalonnier
Maistre de chambre et Aumosnier,
Bien que par humble périphrase,
Vous vouliez vous calomnier
Vous qualifiant de Pégase
Le très humble palfrenier,
Et du Parnasse le dernier.
Vous en estes pourtant la baze
Et l'inépuisable grenier....
A vous dont le sçavoir tout plein de feu l'embrase,
A vous, de qui la Muse jase
Avec tant de force et d'emphase,
Que personne ne peut nier
Si ce n'est quelque Lanternier,
Que ne puissiez en selle raze
Dompter le farouche destrier
Avec un simple mors de gaze,
Et quand vous le voulez manier
Ravit tout le peuple en extase.
Pourquoi doncque, ô casanier,
Id est *joueur de tour incase,*
Les bras croisés en safranier
Vous reposer comme un viédase[2]*?*

A MONSIEUR DE LIONNE SUR LA GROSSESSE DE MADAME SA FEMME[3]

Par Saint-Victor, voire par Saint-Marceau,
Onc Appellès de son fameux pinceau

1. Réponse de M. de Lionne, secrétaire d'Etat, à cette lettre (celle de Claude de Chaulne adressée à madame de Revel : *Je ne cuidois qu'onc eust esté possible*) et à deux ou trois autres dont j'ay perdu la minute.

2. Viédase, imbécile. — Nous avons arrêté ici notre citation de cette lettre qui est très longue et dont le texte est souvent peu intelligible, par la maladresse du copiste.

3. Paule Payen, née en 1630, de Paul Payen et de Marguerite de Rives, épousa en 1645 Hugues de Lionne. Elle était jolie mais fort petite. Sa conduite, dans la seconde moitié de sa vie, fut scandaleuse; ses amours avec le comte de Fiesque et les amours de sa fille ont fait le sujet du premier chapitre des *Vieilles amoureuses* dans *La France galante* : *Les Amours de madame de Lionne*. Elle mourut en 1704.

Madame de Lionne devait être grosse de Madeleine de Lionne qui se maria le

Ne peut ouvrer fors qu'en plate peinture,
Mais vous, Monsieur, travaillez en sculpture.
Homme jamais en bonne foy pust-il
Se louanger d'avoir un tel outil?
Fama volat qu'en avez mis en bosse
Une beauté qui, de vostre fait grosse,
Nous doit bientost donner un Lionceau,
Et tout cela par un coup de pinceau
Qui aux pinceaux d'Appellès fait la nique.
Vrayment on doit escrire sa chronique :
Comme il est grand, plus que n'est pied de Roy.
Car pied petit, le Roy, comme je croy,
A maintenant chose mal entenduë ;
Car longues mains et de longue estendue,
Princes et Rois, à ce que l'on dit, ont.
En bonne foy, je ne sçay comme ils font,
Mais ne voudrois au bon jour des Estreines
Leur fournir gants encore moins que Mitaines,
Et si leurs pieds estoient tels et si grands
Ne leur voudrois fournir sabots ni gants :
Sabots ne sont pour gens de telle sorte,
Disons souliers de peau de beste morte.
Mais revenons à ce fameux pinceau
Qui tant parut sain, vigoureux et beau,
Que, par amour, dans la ruë Dauphine
Fut mitonné par fillette peu fine,
Dans un endroit que je n'ose nommer,
Endroit salé comme l'eau de la mer;
Bref endroit tel que chacun le convoite
Pour au pinceau sien en faire une boiste;
Fors vieilles gens qui ont beau convoiter
Et qui pinceau ne peuvent emboîter.
De telles gens lassée est la nature,
Et leurs pinceaux sont pour plate peinture
Bons seulement, en sorte qu'on peut les
Comparer à ceux du bon Appellès.
Enfin l'on doit pour sa célèbre histoire
Ne laisser goutte d'encre en l'escritoire.
C'est ce pinceau qui vous a fait papa,
Et lors, Monsieur, que ceste aimable pa-
Role issira de l'enfantine bouche,
Si ce plaisir sensible ne vous touche,
Je veux estre embroché comme un gigot,
Et plus cornu que n'est un Escargot;

10 février 1670 à François Annibal III, marquis de Cœuvres, fils aîné de François Annibal, deuxième du nom, duc d'Estrées. Madeleine de Lionne ne fut jamais duchesse d'Estrées, car elle mourut en 1684, et son beau-père vécut jusqu'en 1687. Sa réputation a été aussi mauvaise que celle de sa mère.

Car Escargots tirent de leurs coquilles
Grands cornillons et petites cornilles,
Quand les enfants jurent leur faire veoir
Soubs le portail de l'infernal Manoir
De leurs parents la Généalogie,
Et tout cela, Dieu grâces, sans magie.
Lors qu'Abraham chargea d'un grand bissac
Plein de cotrets, Monsieur son fils Isac,
On luy promit, pour toute récompense,
Qu'avant sa mort il verroit sa semence
Multiplier comme *arenas maris*,
Cela s'accorde encor aux bons maris.
Vous commencez, Monsieur, de si bonne heure,
Que bon mary estes ou que je meure,
Et tout de bon si n'estiez bon mary
Nous vous ferions un tel charivary
Qu'on l'entendroit de Rome à Pampelune
Où chiens, dit-on, abboient à la Lune,
Qui ne s'esmeut non plus de leurs abois
Que vous de veoir lettre de Dauphinois.
J'en puis parler par certaine science,
Car de tels cas j'ay fait l'expérience,
Et n'en serois aucunement honteux
Quand la ferois encor trois fois ou deux.
Il me suffit que me fassiez la grâce
De recevoir mes lettres sans grimace,
Que mon escrit vous soit moins importun
Qu'à nos matous la fumée de petun[1].
D'escrits pareils jamais chaires percées
Ne furent onc et ne seront lassées,
Et je ne tiens à mespris et rebut
Que celuy-cy leur serve de tribut.
Quand me convient empaumer l'escritoire,
Jà ne prétends de moy laisser mémoire,
Et peu me chaut de la postérité;
Mais vostre oubly, Monsieur, en vérité,
A supporter me seroit chose dure;
Ce coup mettroit mon âme à la torture,
Et le destin d'un plus cuisant revers
Ne peut bouter ma constance à l'envers!
Cela n'est pas dont je vous remercie
Et suis plus fier que l'Asne du Messie,
Car fier il fut quand son Seigneur porta
Et qu'*Hosanna* Hierusalem chanta;

1. Ancien nom du tabac que Jean Nicot avait le premier importé en France. L'impôt sur cette plante remonte au 17 novembre 1629.

Si qu'à son prix chevaux de beaux carrosses
Et grands coursiers eussent passé pour rosses.
Depuis ce temps quand on nomme un baudet
Tout bon chrestien met la main au bonnet,
Et certain Roy rechignoit à merveille
De ne se veoir baudet que par l'oreille.
Mais à propos il avoit nom Midas.
S'il l'eust esté soubs la ceinture en bas,
S'il eust eu du baudet sous la ceinture,
On l'auroit cru le Roy de la Nature!
Ains là toujours en puissiez-vous avoir,
Moy quelques jours l'honneur de vous reveoir.
Ce désir seul fait mon impatience
Et je n'en ai que bien peu d'espérance;
Pour mon malheur le destin m'a craché
Dans ce pays où je suis attaché;
Mais attaché est estrainte si forte
Que pour sortir je ne vois point de porte,
Porte qu'on peut autrement nommer huis.
Adieu, Monsieur : Le tout vostre, je suis.
Bref je vous suis tout ce qui peut se mettre
Au dessoubs d'une lettre.

PIERRE DE NIERT

Tallemant a consacré une historiette à Pierre de Niert :

« De Niert, car c'est ainsy qu'il se nomme, quoyque tout le monde die *Denière* ou *Deniele*, est de Bayonne : il dit que son grand-père estant maire, du temps de la Saint-Barthélemy, empescha qu'on ne fist le massacre dans Bayonne. Il s'adonna dez sa jeunesse à la musique ; M. de Créquy le prit en qualité de suivant. Il a tousjours chanté, de façon qu'on ne pouvoit pas dire qu'il fist le chanteur[1]. M. de Créquy le traittoit fort bien et ne luy disoit jamais : « chantez », ny le menoit en aucun lieu en luy disant que c'estoit pour chanter; mais de Niert luy disoit : « Monsieur, porteray-je mon théorbe[2] ? — Ce que tu voudras », répondoit M. de Créquy.

» Je croy que de Niert fut amoureux autrefois de Mme Aubry[3], qui chantoit fort bien, mais, malgré tout cela, parce qu'elle avoit fait venir l'ambassadeur de Venise à un souper où il avoit promis de chanter devant le marquis Pompeo Frangipani, il n'y voulut jamais aller et elle eut bien de la peine à faire la paix.

» Quand M. de Créquy fut à Rome pour l'ambassade de l'obédience du feu Roy (1633), de Niert prit ce que les Italiens avoient de bon dans leur manière de chanter, et le meslant avec ce que nostre manière avoit aussy de bon, il fit cette nouvelle méthode de chanter que Lambert[4] pratique aujourd'huy, et à laquelle peut-estre il a adjousté quelque chose. Avant eux on ne sçavoit guères ce que c'estoit que de prononcer bien les paroles. Au retour, le feu Roy le voulut avoir ; M. de Créquy ne laissa pas de luy continuer les mesmes appointemens : le feu Roy luy donna une charge de premier valet de garderobe, à la charge de donner douze mille livres de récompense[5]. Il n'avoit pas un sou, mais comme il estoit de bonne réputation et qu'on voyoit bien que le Roy l'affectionnoit, il trouva cent mille escus avant que de sortir de la chambre de Sa Majesté ; de là il alla dans la chambre de la Reyne, où il dit le don que le Roy luy venoit de faire : « Mais », adjousta-t-il « je suis bien empesché, car il me faut trouver quatre mille escus ». Une jeune veuve, femme de chambre de la Reyne, luy offrit de la meilleure grâce du monde de les luy prester ; cela le charma, et dans ce moment il en devint amoureux. C'estoit la fille d'un ministre de Languedoc que l'on avoit convertie; je croy

1. C'est-à-dire qu'il était chanteur par goût, non par métier.
2. Luth à deux manches.
3. Claude de Préteval, femme de Robert Aubry, sieur de Brévannes, président à la Chambre des Comptes en 1620, morte veuve le 20 septembre 1657.
4. Michel Lambert, musicien, né en 1610, mort en 1696. Tallemant lui a consacré une *Historiette*.
5. De dédommagement à celui qu'il remplaçait.

que ce fut elle qui appela la reyne « Siresse ». Il en fut amoureux douze ans. Cette amour a furieusement nuy à de Niert ; car le feu Roy, qui haïssoit la Reyne, et qui ne vouloit qu'il n'y eust aucune correspondance entre ses gens et ceux de sa femme, n'approuvoit nullement cette affection, et il eust fait sans cela toute autre chose pour nostre homme qu'il ne fist. Il luy disoit : « Vous n'attendez que ma mort pour vous marier. »

» Quand le cardinal de Richelieu, qui vouloit que les officiers qui approchoient le Roy de fort près ne luy voulussent point de mal, fit faire compliment à de Niert sur cette charge, de Niert le dit au Roy, et luy demanda s'il ne trouveroit pas bon qu'il en remerciast le Cardinal ; le Roy le luy permit. On ne sçauroit croire combien il estoit chatoüilleux pour les charges de sa maison ; il ne vouloit pas souffrir que le Cardinal s'en meslast. Durant la grande faveur de Monsieur le Grand, tous les premiers valets de chambre et tous les premiers valets de garde-robbe estoient comme de petits favoris.

» Le feu Roy mort, de Niert espousa cette femme. Elle est adroitte et mesme un peu escrocque, s'il faut ainsy dire, car elle n'a jamais rien perdu faute de demander, et elle a obligé parfois telles gens à luy donner qui n'en avoient nullement envie ; d'ailleurs elle est fort avare, luy est prodigue : elle l'appelle *Panier percé*, et le ragotte[1] sans cesse sur sa dépense. Il dit qu'une fois elle voulut avoir un carrosse : la nuict elle entendoit du bruit dans l'escurie, elle resveille son mary. « Ce sont », luy dit-il, « les chevaux qui mangent. — Quoy? reprit-elle « nourrir des animaux qui mangent la nuict ! Dieu m'en garde ! » Elle les vendit dez le lendemain.

» Luy et sa femme se tourmentèrent tant qu'ils obtinrent pour leur filz, qui est le seul enfant qu'ils ayent, la survivance de cette charge de premier valet de garde-robbe. Le Roy tesmoigna assez de bonté en cette rencontre, car il se mit à genoux afin que cet enfant, qui n'avoit que cinq ans, luy pust donner sa chemise pour entrer en possession. Le pauvre de Niert pleuroit de joye quand il racontoit cela : depuis il fut fait premier valet de chambre, et, l'année passée, comme sa femme poursuivoit chaudement la survivance, le Roy luy dit : « Qui te donneroit quatre doigts de parchemin te feroit bien aise ? — En vérité, oüy, Sire », dit-elle. « — Et bien ! » adjousta le Roy en riant, « ce sera dans douze ans ». Le Cardinal la trouva ensuite à la messe, et luy dit : « Que demandes-tu encore à Dieu ? ta chienne est retrouvée et ton filz a la survivance ». Elle luy saute au cou tout devant la Reyne, en luy disant : « Madame », excusez, s'il vous plaist, mon transport ».

La femme de Pierre de Niert, demoiselle Jehane de Falguerolles, était déjà au service d'Anne d'Autriche en 1633, et elle s'était mariée avant 1644.

La présidente de Périgny qui était poète comme son mari[2], a composé contre de Niert, une parodie de la 1re scène de l'opéra de *Thésée* (de Quinault). Cette parodie se lit dans les Mss. de Tallemant des Réaux qui sont à La Rochelle et dans nombre de manuscrits de chansons du XVIIe siècle.

Claude de Chaulne aimait beaucoup de Niert et il le cite avec éloge

1. Ragotter, grogner.
2. Voir sur le Président de Périgny, notre *Bibliographie des recueils collectifs de poésies publiées de 1597 à 1700*, t. III.

dans plusieurs de ses lettres. En voici un exemple pris dans une lettre adressée à Mr de Lionne :

. . . .

Mais j'écris plus qu'une rogue Cigale
Ne chanteroit dessus un arbre sec,
C'est que parfois je m'arrose le bec,
Bec dont usoit un homme incomparable ;
De qui la voix n'eust jamais de semblable,
Nommé Niert, mais hélas ! il est mort.
Non est, non est, non est, non est qu'il dort.
Il ne dort point, je jugerois qu'il veille;
Qu'en ce moment il vous tient par l'oreille,
Et vous pronés qu'on ne sçauroit nier,
Qu'onc ait esté si fameux chansonnier :
J'en dis de mesme, et s'il est vray qu'il m'aime,
Je tiens mon sort dans un bonheur extresme.
Il m'aimera, si vous y consentez;
S'il obéit, c'est à vos volontez;
Qu'il m'aime donc, que dame Anne d'Autriche
De ses bienfaits ne luy soit jamais chiche;
Je sais vraiment que vous Niertisés,
Mais on m'écrit que vous Varennisés[1],
Et que flambeau de torche nuptiale
Brusle son cœur d'une ardeur conjugale;
J'en suis ravy, car cet amy m'est cher
Bien plus qu'à vous le péché de la chair;
J'entends Phœbus qui doucement m'annonce,
Que chair et cher n'ont pas mesme prononce,
Mais vous voiés comme comparaison,
Cy cloche en rime et non pas en raison[2].

Le Ms. de Chaulne contient les deux lettres suivantes adressées à Pierre de Niert :

A MONSIEUR DE NIERT

Dans ce climat où la fiebvre à la Fronde
A fustigé près des deux tiers du monde
Que Saturnus menace de la hart,
Par un malin et funeste regard,
Où chaque jour mainte nouvelle bière
Gaste la taille au dos du cimetière;

1. Si nous comprenons la pensée de Claude, il dit que Mr de Lionne courtisait une des femmes de chambre de la Reine : Anne Andrieu, devenue dame de Varennes avant 1644.

2. A M. de Lionne rencontré près de Tain en revenant de Rome : *Depuis Sidon jusqu'aux portes de Tyr.*

Bref dans cet air par le pourpre[1] infecté
Je n'ose vivre et boire à ta santé;
Car comme escrit Déjanire à Hercule,
Pourpre n'est pas un mal trop ridicule.
Je sçay qu'on rit quelquefois en pétant,
Mais dans le pourpre on n'en peut faire autant;
Que sy quelqu'un s'aventure d'y rire,
C'est dans la rage ou bien dans le délire;
Or quand debvrois en délire tomber,
Et soubs la faux de la Mort succomber,
A ta santé de double chopinette
J'humecteray la gaie chansonnette,
Puisque il est vray qu'un diapentason
Est sec et plat sans le jus d'un flacon.
Que pour treuver plus de creus en la basse
Il faut premier voire celuy du Tasse,
Et que l'on fait de plus justes accords
Lorsque l'on a bien aviné le corps.
Maistre Apollon, ce grand flusteur des Muses,
Dieu des rebecs, fifres et cornemuses,
Onc ne chanta, ne fifra ny flusta,
Que leur santé premier il ne pinta.
Ainsy sa voix n'avoit rien de timide,
Son instrument estoit toujours humide,
Et le nectar aussy de nouveaux sons
Donnoit la grâce à toutes ses chansons.
Or voudrois bien, mon amy dous et tendre,
Que du nectar quelque Dieu voulust vendre;
Mais à deffault de ce piot divin,
Pauvre mortel j'auray recours au vin
Pour entonner un *Ciglio stravagante*,
En el medes en el medesmo instante;
J'ay maintefois cet endroit essayé,
Et dans le vers mesme j'ay bégaié
Bien à propos pour trouver sa mesure.
Mon cher Monsieur, enfin le temps me dure,
Puisque mon sort veut que j'en use ainsy,
De ne te pas escrire un grand mercy
De ta si charmante lettre, que je garde
Bien mieux qu'un Roy ne l'est par halebarde
D'homme portant braiette en un endroit
Qui dans ma grègue à peine est jamais droit.
Le mois de may y perd souvent les frimes[2],
Pour te monstrer à quel point je l'estime

1. La petite vérole. Les épidémies, comme on le verra plus loin, de « pourpre » et de peste étaient très fréquentes alors dans le midi de la France.
2. Frimas.

Je veux, n'osant l'espérer autrement,
T'en faire feste au jour du jugement,
Et si ma voix y peut être escoutée
En divertir la gent ressuscitée;
En faire rire avec tout son malheur
Quelque chétif damné de bonne humeur.
Enfin je veux qu'elle fasse la nique
A tout vieux titre et à vieille chronique,
Mais conviendroit pour mieux y réussir
De mots nouveaux ce volume grossir,
M'escrire encore et dessus cette lettre
Une, deux, trois, quatre, cinq, six en mettre.
Bref, si tu veux, tant que ton bras lassé
M'envoie au diable et me mette *in pace.*
Mais me souvient que chaste Pénélope
Qui n'escrivit jamais sans enveloppe
Pour Ulissés, pourchassoit de le voir
Plus ardemment que sa réponse avoir.
Sa passion sans doubte estoit extresme,
Ferois-je mal si j'en faisois de mesme ?
Elle fit tant que d'Itaque il sortit,
Qu'il prit la botte et qu'enfin il partit,
Et la trouvant et seule et demy nue,
Luy en coula, dit-on, quelque venue.
Je ne crois pas que me traitter ainsy
Fut bien séant en arrivant icy.
Quant à tes yeux mes chastes triquebilles[1]
S'exposeroient, sans lambeaux et guenilles,
En vain raison fixeroit d'un *hardo*
Les mouvements que donne *libido*,
Et mon honneur ne courroit point de risque
Quand tu aurois gobé toute une bisque.
Le plus lascif, encor qu'empistaché,
N'oseroit onc songer à tel péché,
Bien qu'on m'ait dit que pour tels cas énormes
Quelques frians n'observent pas les formes,
Qu'on ne croit pas en ce plaisir brutal
Commettre un crime en ne faisant pas mal;
Seurté pourtant se trouveroit entière
En ton devant pour mon pauvre derrière,
Et nous n'avons jamais esté si fous
Que de songer à boucher pareils trous.
Lisant ces vers tu diras La Bastie[2]
Sur ces vieux jours manque de modestie;

1. Ce mot est l'équivalent du mot mentula, en latin; cazzo en italien et carajo en espagnol.
2. Claude de Chaulne.

Quelque Pédant dira *Claudo Claudi*
Dabis poesias tu t'es trop esbaudi,
Et le respect qu'on doit à la Régence
Très à propos m'inspirera silence.
Ma Muse estant au bout de son rolet,
Je finis donc ce fastasque poulet.
Pour le finir il ne faut plus escrire,
Il me suffit donc, amy, de te dire
Que je te suis soit gros, soit gris, soit gras,
En peu de mots tout ce que tu voudras;
Que voir Niert feroit toute ma joie.
Viens donc bientost, fais que je le revoie;
Et que Paris qui l'a pris à la glue
Pour mon malheur ne le retienne plus,
Ou je diray de luy comme d'estrenne
S'il s'y treuve bien, qu'il s'y tienne.

POUR M. DE NIERT

Bons bons truffés de jou Niert beau sire
Boyant mes bers, bous ne faites que rire,
Vien qu'ils soient lus par le Diou des Comnas
Vonnet en main et le genouil en vas.
Mon Apollon est de la Vuisseratte;
Et ne doit pas espanouir la ratte,
Luy qui jamais n'est trouvé en deffault
Et qui ne peut cheminer que par hault.
Son styl enflé tout ainsy que des boiles.
A qui le bent fait raiser les estoiles
Mérite bien bostre admiration,
Et pour le mouens respect, attention;
Cela soit dit en passant, tout ce reste
N'est plus du styl du baron de Foeneste [1],
Et je ne sçay pourquoy, j'ay pris ce ton
En escrivant sur un accent gascon,
Moy qui me voy triste, pensif et morne,
Comme jaloux à qui nouvelle corne
Au fond de l'âme imprime le martel;
Grâces à Dieu nous n'avons rien de tel.
Moy qui resvois sur la maladventure
Qui mes plaisirs mit dans la sépulture,
Lors que le Sort, ce vieux fils de putain,
Mit entre nous un trajet si lointain.

1. *Les Aventures du Baron de Foeneste* par Agrippa d'Aubigné dont l'édition complète (4 parties) avait paru en 1630. Les deux premières parties avaient été publiées sous la rubrique : *A Maillé*, en 1617.

Ne croiés pas, cher amy, que la rime
En le nommant ainsy fasse mon crime,
Mais je ne puis m'empescher aujourd'huy
Que je ne gronde et peste contre luy.
Ce vieux Magot pour me faire la guerre
Me laisse à peine un bon poulce de terre;
Et cependant entre nous il en met,
Sauf le surplus, un million tout net.
Si des courriers on voit bottes et malles,
Il y en a cent millions de sales,
Ce seul penser irrite ma douleur,
Et je n'en puis surmonter le malheur.
Pourquoy faut-il que le mont de Tarare
Loire, Boisdroit et long boiau sépare,
Des gens qui, pour approcher leurs boiaux,
Voudroient donner et bagues et joiaux;
Oui des joiaux, ces choses ne sont fausses,
Et long boiau feroit mieux dans nos chausses,
Il y seroit placé plus à propos
Et jouiroit d'un plus ferme repos;
Ny vous ny moy ne courons plus les filles
Que sur coureurs qu'on appelle béquilles,
Et tels coureurs sans qu'on en prenne soin
L'ont toujours gras sans avoine et sans foin,
Mais si rétif que bien que je les presse
Ils ne m'ont pu porter jusqu'à Lutèce,
Ains m'ont laissé dans ce pays icy
Où le désir de vous veoir m'a transy;
Où, plein d'ennuis, je fais l'expérience
De tous les maux que fait l'impatience;
Je me soubmets pour ouyr vos chansons
A tourner broche et servir les maçons,
Sauf du mortier qui jaunit leur chemise;
Onc tel mortier ne m'a semblé de mise
Ne croiant pas que jamais caleçon
Ne soit blanchi par un pet de maçon.
Pour vous pourtant j'empaume la truelle,
Jà sur mon groin est grisaille nouvelle;
Si groin vous choque appellons le museau
Je mets mon dos soubs le faix de Loiseau.
Bref il n'est rien que je ne peusse faire
Pour vous ouyr, et la divine Hilaire[1]
Dont volontiers serois l'Hilarion
Si j'entendois l'art du Salpéterion[2] :

1. Comédienne et chanteuse célèbre du temps.
2. Psaltérion, instrument de musique très ancien à plusieurs cordes que l'on touchait avec une petite barre d'acier.

Cet art pour moy est chose un peu nouvelle,
Mais qui pourroit me rendre digne d'elle
Et non de Cuisse[1], et je ne plaindrois pas
Pour vous ouyr de devenir Midas.
Midas avoit cent qualités exquises,
Dans son sérail il avoit cent marquises,
Plus il avoit de l'asne, ce dit-on,
Quelque chosette au dessoubs du menton,
Et si l'on croit à la Métamorphose
Ce n'estoit point chosette, mais bien chose,
Mais en laissant cette chose qui pend,
Il avoit bien d'oreilles un arpend :
C'est là, mon cher, ce qui fait cette envie
Qui vient troubler le repos de ma vie,
C'est là l'unique objet de tous mes vœux,
Car aussy bien je n'ay point de cheveux,
Et sur mon chef de semblables oreilles
Paroistroient mieux que deux mille merveilles,
Et serviroient pour toutes vos chansons,
De véhicule à leurs aymables sons.
Que si jamais je suis sur véhicule
De corps marchant, fut-il baudet ou mule,
Non pas celuy sur lequel Cordeliers,
Fouettent pays en usant leurs souliers;
Tels animaux ont le pas un peu rude
Et servent peu contre la lassitude,
Mais si jamais je me voy sur bateau,
Coche, brancart, brouette, tombereau,
Qui s'achemine au pays où vous estes,
Ce jour sera parmy mes bonnes festes,
Et festes sont lors que l'on ne fait rien :
Or de cela je m'acquitte si bien
Que mes amis peuvent faire leur compte,
Qu'ils n'en auront ny reproche ny honte.
Il ne faut plus que mettre en mon gousset
De ce métal que tout le monde sçait,
Et que pourtant très peu de monde treuve,
Et de cela je sers encor de preuve,
Et sans avoir des sentiments altiers
En vérité j'en sers peu volontiers.
En attendant que mon sort se repente,
Que sa rigueur modère un peu sa pente,
Qu'il soit lassé de me persécuter,
Toutes les fois que vous voudrez chanter,

1. Nous n'avons rien trouvé sur la vie de ce musicien qui n'est cité dans aucun des dictionnaires biographiques consacrés aux musiciens. Peut-être découvrira-t-on un jour ou l'autre un document le concernant ?

Souvenez-vous qu'il n'est femme ny homme
Depuis Paris jusqu'aux portes de Rome
Qui vous donna si grande attention,
Ni qui pour vous n'eust plus de passion,
        Monsieur, que...

ANTOINE DE NORD

Antoine de Nord ou Nort, conseiller du roi et son avocat général au Bureau des finances de Guyenne.

Le Ms. de Chaulne ne contient qu'une lettre d'Antoine de Nord suivie de la réponse de Claude.

LETTRE DE M. DE NORD

C'est trop resver, la pierre en est jettée,
Allez, ma Muse, en donzelle crottée,
En suppliante offrir de nostre part,
Mais attendez, vous courez trop d'hazard;
Affront sanglant suivroit vostre message
Et paroistroit moult peu prudent et sage,
Que d'envoyer carmes impertinens
A cil qui vient d'avoir des Saint-Aignans,
Par la mort-bieu on ne fut tant en doute,
Mais quoy, Gascon, quelque chose redoute,
Ha! je fais tort au pays d'Adiousias,
Allez mes vers, allez, mais de ce pas
Sans d'un moment différer la partie,
Allez trouver l'illustre La Bâtie[1],
Et paroissez plus hardiment au jour
Qu'un Escolier ou qu'un page de Cour.
Que si de vous il ne faisoit pas compte
Parce que vers n'estes beaux ny d'un Comte,
S'il vous laissoit par mépris choir des doigts,
Renommez-vous de par dame la Croix[2].
Dites : « Par loy qu'elle-même a prescripte :
» Sommes mandez pour vous rendre visite. »
A ce beau nom il se radoucira,
Et bon accueil sans doute il vous fera,
Ayant appris que la belle Angélique
Avec vous quelquefois communique,

1. Claude de Chaulne.
2. Madame de Revel, née Jeanne Angélique de La Croix de Chevrières.

Qu'esclave suis de cet objet charmant,
Et qu'il croira volontièrs aisément,
Car quand n'auroit la dame, aimable et gente,
Divins appas plus de deux mille et trente,
Ny point d'esprit, toujours je l'aimeroy
Estant Gascon à cause de la Croix,
De celle gent est tant si tost aymée
Que partout grande en est la renommée.
Que ne fait-elle affin de l'attraper
Dont quelques-uns ne peuvent eschapper?
Malheur à ceux qui par destin tragique
Sont croix en main morts en place publique;
De telle mort ne crains point de finir,
Mais bien de mort dont amour sçait punir
Esprits qui sont langoureux pour la belle
Dont Paris a une grande séquelle.
Ceste Croix-là feroit bien des larrons,
En bonne foy d'autres que de Gascons.
Mais le Diable est, qu'en vain est l'adventure,
On n'y fait rien que de l'eau toute pure,
Et pour sy peu qu'on hazarde une fois
C'est qu'on y peut, dès lors, faire la Croix.
Il n'est Arien, Luthérien, Calviniste,
Gens dont la foy suit fort mauvaise piste,
Bref ne connoist ny le quart ny le tiers
Qui ceste Croix n'embrassast volontiers.
Mais laissons-là et la croix et la pille,
Et nous dirons en un mot comme en mille :
C'est peu pourtant de ne dire qu'un mot,
Je finiroy ma légende trop tost.
Bien, m'a-t-on dit, mainte fois en ma vie
« *Que meilleure est la plus courte folie :* »
Et sans mentir folie est bien à moy
D'escrire vers à tel autheur que toy.
Quel rimailleur du moins à la douzaine
Qui ne beut onc de cette eau d'Hipocresne,
Par qui l'esprit humain se rend divin,
Douce et claire eau qui vault du petit vin.
Ce, diras tu, me viens rompre la teste,
Ces Gascons-là se font toûjours de feste,
Ne fumetis car nous ne sommes pas,
Graces à Dieu, tant mangez par les rats;
Pour cest effet voiés nostre peinture :
Gresle de corps, d'assez haute stature,
Nez un peu court ce qui nous fait grand tort,
Et le proverbe en a menty très fort.
Au demeurant pour nos deux luminaires
A leurs regards Dames n'eschappent guères,

De couleur bleue, et gros et bien fendus,
Enfin je crois qu'ils en valent bien deux ;
D'humeur active et qui toûjours trémousse.
Cheveux châtains et la barbe un peu rousse,
Et ce de poil dictum *n'est pas nouveau,*
Qu'on en voit peu qui se couche dans l'eau.
Ma bouche n'est ny trop peu ny trop grande,
Tranchantes dents et la langue friande.
Bref, tout en gros je tiens à mon advis
Et du guerrier et du camp pour Philis.
Vingt-et-sept ans durant je fus ingambe,
Mais depuis trois je boite d'une jambe;
Veux-tu sçavoir et comment et pourquoy :
C'est que Neptune enragé contre moy,
De voir qu'un jour parmy les canonades
Je fisse encor doux yeux à ses nayades,
Tout furibond marqua la chasse au pied,
Et du depuis je suis estropié.
En peu de mots je te trace l'image
D'un cap de dious qui te rend son hommage,
Que si tu veux sçavoir plus amplement
Et qui je suis et mon tempérament,
Si ton esprit à l'apprendre je pousse,
Un chevalier nommé de La Marcousse
Dont tu connois si privément sa sœur[1],
Que quand tu veux tu t'en donnes au cœur,
Joie s'entend, tesmoing grande lignée;
Le touilleau[2], *dis-je, amy de mainte année,*
T'assurera que suis bon pellerin
De qui l'esprit n'engendre point chagrin :
Buveur, joueur, friand de la mignonne.
Bref Vallemaud et Rochefort de Bonne[3],
T'attesteront de nostre bonne humeur
Au tribunal du céleste Sauveur;
En attendant d'y faire tes Eloges,
De t'establir le chef des Allobroges,
Jusques au jour du jugement final
Le verre en main, en propre original.

1. Il fait allusion ici à la femme de Claude de Chaulne, fille de Joachim de Chissé, seigneur de La Marcousse et de Diane de Lestang. Le chevalier est donc un de ses beaux-frères et il en avait cinq : Pierre, mort jeune; Joachim qui mourut, en 1683, célibataire, laissant tous ses biens à l'Hôpital général de Grenoble; Octavian, mestre de camp d'un régiment de cavalerie; Christophle, mort à Casal, et Joseph, mestre de camp de cavalerie étrangère.

2. Touilleau, nous n'avons pas trouvé le sens exact de ce mot. Dans Richelet, touillaud signifie gaillard, éveillé, celui qui aime les femmes et les sert vigoureusement.

3. Nous ignorons qui est ce Vallemaud; Rochefort, c'est le comte de Rochefort de La Baume de La Suze; de Bonne est mis ici pour *de Baume*.

RESPONSE A LA LETTRE DE M. DE NORD

Illustre Nord de qui la Renommée
Fait plus de bruit qu'un attirail d'armée,
Et dont l'éclat à peine a de pareil
Mesme en celuy dont brille le Soleil;
Si les momens où ta rare présence
S'est fait l'objet de ma concupiscence,
Et si tous ceux qui m'ont veu convoitant,
De t'embrasser, marchant droit ou boîtant,
Estoient comptés, ils feroient, ce me semble,
Un siècle entier s'ils estoient mis ensemble.
Tu me diras, sans doubte, que je mens,
Que siècle entier a beaucoup de momens,
Mais je soustiens qu'il est permis de feindre
A qui prétend de rimer et de peindre,
D'où je concluds hardiment que tu feints,
Car dans tes vers tu rimes et tu peints,
Dans cet *ergo*, j'ay bien un peu de honte
De n'y treuver entièrement mon compte,
Mais c'est bien plus que je n'espérois pas
D'estre estimé du plus aymable gas
Onc que le Ciel aye dessoubs sa cape,
Et qui puisse onc estre béni du Pape,
Le Pape, autour, ainsy comme je crois
Quand il bénit fait un signe de croix;
Et je ne voy personne qui soit digne
Comme tu l'es de cet aymable signe,
Signe plus blanc qu'un cygne ne l'est pas,
Signe remply de charmes et d'appas,
Et qui seroit aux Cieux signe céleste
S'il eust eu en moins l'influence funeste.
Tout doux, beau signe, ah ! n'en rougissez point,
Vous embrassez le moule du pourpoint.
L'on peut sçavoir du bon Claude de Chaulne
Quels sont vos feux et combien en vault l'aune,
Et ne sçauriés cuider qu'à Paris,
Vous embrassiez mesme vos favoris
D'un feu si beau qu'ils ne pouvent se plaindre,
Et qu'en pissant vous n'oseriez esteindre;
Mais le respect dans un front sérieux,
Hochant la teste et clignotant des yeux,
Avec un chut de sa sévère bouche,
Me rend muet ainsy comme une souche.
Ce point icy me semble curieux,
Il a beau front, belle bouche, beaux yeux,
Mais chacun dit, et ce n'est pas merveille,
Qu'il est gascon puisqu'il n'a qu'une oreille,

Qui n'est qu'ouverte aux discours innocens,
Et qui n'en peut souffrir à double sens;
Fols entretiens, mots un peu gras, sornettes,
Carmes lascifs, et libres chansonnettes,
Jamais de luy n'ont favorable aspect;
Mais laissons-là ce monsieur le Respect :
Bien peu me chaut qu'il gronde, qu'il se fasche,
Que contre moy sa colère s'attache,
Puisqu'aussy bien de bon cœur je le perds,
Si tu ne crois que j'adore tes vers;
Quand, cap de dious, puisqu'ainsy tu te nommes
Homme divin, parmy les autres hommes,
Car qui mettroit icy, homme divin,
Rimeroit moins sur homme que sur vin.
Cher Desbauché, de la plus haulte estime
Qui ne t'adore est coupable d'un crime,
Que mille muids ne sçauroient pas laver,
Quand on boiroit au delà d'en crever.
Bien mieux qu'aux vers où tu me l'as dépeinte,
Dedans mon cœur ta figure est empreinte,
Tes yeux fendus et ton nez raccourcy,
Que je ne vois pourtant point trop ainsy;
Tes cheveux d'or et ta langue friande,
De mes amours recevront mainte offrande :
Or, mes amours, pour te dire le fait,
Sont très souvent l'ornement du buffet;
Et quelquefois sur le dos de Neptune,
Je fus ravy en lisant ta fortune,
Que nos amours eussent foulé ce dos,
Cet inconstant, sans calme et sans repos,
Et qui du vin n'auroit jamais l'usage
Sans les vaisseaux qu'ensevelit sa rage.
Il estoit saoul lors que tu fus blessé;
Dans le bon sens il n'y eût pas pensé;
Voyant ton bras, ses escailles timides
Pour t'appaiser t'offroient cent héroïdes,
Ou bien possible il voulut s'arrester
A voir un Mars comme là Jupiter,
Porter aux Cieux ses mâts, et de ses voiles
Envelopper la clarté des Estoiles;
Mais ce dessein coupable ou innocent
Est un malheur puisque Nord s'en ressent;
Et le Destin l'a voulu de la sorte.
De cent beautés l'amoureuse cohorte,
Si ce boulet eust porté autrement
L'auroit couru sans doubte vainement,
L'auroit cherché et par mer et par terre.
Il seroit plus à l'amour qu'à la guerre,

Où maintenant il tient à mon advis
Et du guerrier et du camp de Philis.
Mais je prétends, amy, cet advantage
D'avoir ma part à ce fameux partage,
Et d'eschauffer avec toy les bras nuds
De Cupidon et sa mère Vénus;
De ce beau feu qui brillę dans la tasse,
Au cabaret qu'un bon sort nous y place.
Amen, ou si tu voulois un autre styl,
Au lieu d'*Amen*, dirons : Ainsy soit-il.

COMTE DE SAINT-AIGNAN

François de Beauvillier, comte puis duc de Saint-Aignan, naquit en 1610, et mourut à Paris le 16 juin 1687. Capitaine d'une compagnie de chevau-légers, il fit la campagne d'Allemagne sous le cardinal de La Valette (1634-1635). Blessé à la bataille de Vaudrevange, il se distingua pendant la retraite de Mayence. En 1636 il est encore blessé au siège de Dôle, sert en Flandre en 1637, fait la campagne de 1639 avec le grade de mestre de camp de cavalerie, et est mis à la Bastille à la suite de la perte de la bataille de Thionville. Il en sort le 28 janvier 1640 et en 1644, il assiste au siège de Gravelines. Pendant la Fronde, Saint-Aignan prend le parti de la Cour, aussi Mazarin le nomme-t-il premier gentilhomme de la Chambre du roi le 2 décembre 1649. En 1650, il a le commandement du Berry; le 30 avril 1656 le gouvernement de Touraine et le 12 août 1661 celui de Loches et de Beaulieu. En décembre 1663 le comté de Saint-Aignan est érigé en Duché-pairie. Le duc de Saint-Aignan est reçu membre de l'Académie française le 8 juillet 1663. Il fonde en 1669 l'Académie royale d'Arles.

Le comte de Saint-Aignan avait épousé, en premières noces (1633). Antoinette Servien, fille de Nicolas Servien, seigneur de Montigny, conseiller du roi en ses conseils d'Etat et privé et trésorier de ses parties casuelles, et de Marie Groulart de La Cour, et en secondes noces, le 9 juillet 1680, Françoise Géré de Rancé, dite mademoiselle de Lucé, fille de Jacques Géré, et de Claude de Nevers.

Voici le portrait du comte de Saint-Aignan tracé par lui-même :

Je ne fus onc ny gras comme un chanoine,
Ny rubicond ainsy qu'un jeune moine,
Je ne suis point beau comme feu Médor,
Et mes cheveux sont moins blonds que de l'or;
De traits d'argent j'ay peine à les deffendre,
Mais la plus part sont de couleur de cendre
Si ce n'est lors qu'ils sont enfarinés,
Et j'ay toujours un demy-pied de nez,
Sans que cela me rende plus superbe :
Car moult souvent a menty le proverbe....
Mais retournons encore à mon muzeau
Presqu'aussy long mais plus gros qu'un fuzeau,
Peur de mentir je luy fais une offense,
Mais il faut dire un mot à sa deffence,

Et sous/enir mesme à toute rigueur
Qu'en certains cas très bonne est la longueur[1]....

Madame de Sévigné nous apprend que MM. de Saint-Aignan et Dangeau apprenaient à Louis XIV à faire des vers et avec quel succès ! On en jugera par l'extrait qui suit de sa lettre du 1er décembre 1664 à Mr de Pomponne :

« Il faut que je vous conte une petite historiette, qui est très vraie et qui vous divertira. Le Roi se mêle depuis peu de faire des vers ; MM. de Saint-Aignan et Dangeau[2] lui apprennent comment il faut s'y prendre. Il fit l'autre jour un petit madrigal que lui-même ne trouva pas trop joli. Un matin il dit au maréchal de Gramont : « Monsieur le Maréchal, je vous prie, lisez ce petit madrigal, et voyez si vous en avez jamais vu un si impertinent. Parce qu'on sait que depuis peu j'aime les vers, on m'en apporte de toutes les façons ». Le maréchal, après avoir lu, dit au Roi : « Sire, Votre Majesté juge divinement bien de toutes choses : il est vrai que voilà le plus sot et le plus ridicule madrigal que j'aie jamais lu ». Le Roi se mit à rire, et lui dit : « N'est-il pas vrai que celui qui l'a fait est bien fat? — Sire, il n'y a pas moyen de lui donner un autre nom. — Oh bien : dit le Roi, je suis ravi que vous m'en ayez parlé si bonnement; c'est moi qui l'ai fait. — Ah ! Sire, quelle trahison ! Que Votre Majesté me le rende ; je l'ai lu trop brusquement. — Non, monsieur le Maréchal : les premiers sentiments sont toujours les plus naturels. » Le Roi a fort ri de cette folie, et tout le monde trouve que voilà la plus cruelle petite chose que l'on puisse faire à un vieux courtisan ».

La lettre suivante du comte de Saint-Aignan adressée à Claude de Chaulne et datée de Saint-Aignan, le 18 août 1648 donne la note exacte des relations qui les unissaient :

« Monsieur,

» Permettez que je sorte un peu du burlesque pour vous assurer très sérieusement qu'après avoir admiré tout ce qui vient de vous jusques à le lire à genoux et crier après *vivat* en battant des mains, après avoir pleuré de rire en lisant vos merveilleuses rimes, enfin je pleureray de douleur si je ne trouve une fois en ma vie quelque occasion essentielle où je puisse vous donner des marques de mon estime, de mon inclination et de mon respect et vous témoigner à quel point je suis, Monsieur, votre très humble et très obéissant serviteur. » Signé « St Aignan ».

Le Ms, de Chaulne contient trois lettres du comte de Saint-Aignan dont celle en prose ci-dessus et deux réponses de Claude :

Lettre du comte de Saint-Aignan : ** *Illustre amy de dame incorruptible.*
Id. : * *Après cent tours et cent retours divers.*
Rép. de Claude : * *Charmant Monsieur, esprit perçant et clair.*
Id. : * *Comte adorable et qui croiez peut-estre.*

1. Lettre du comte de Saint-Aignan à de Chaulne : *Illustre amy de dame incorruptible* (Madame de Revel).

2. Philippe de Courcillon, marquis de Dangeau, membre de l'Académie française en 1688, connu par le *Journal* qui porte son nom.

RESPONSE A UNE DES LETTRES DE M. DE SAINT-AIGNAN

Charmant Monsieur, Esprit perçant et clair
Comme la foudre, et bien plus que l'esclair,
Dans le présent désir qui me consume
Si Pégasus, destrier porte-plume,
Parmy les airs soubs mon fessier estoit,
Ou bien l'oiseau du gentil Ganimède,
Ou les engins du subtil Archimède,
Ou que cela y fut tout à la fois,
Je fais serment par Jeanne de la Croix[1],
Que si voulés juron plus authentique,
Je fais serment, par la belle Angélique,
Que tous leurs pas, leur vol et leurs ressorts,
Ne serviront qu'à voiturer mon corps
Jusques aux lieux qui reçoivent la grâce
De vous fournir et d'espace et de place,
Tant suis espris de vos haults faits, et dis
Que de tels lieux feroient mon paradis;
Bien aurois dit *paracent*, *paramile*,
Mais Paradis se treuve en l'Evangile,
Or *paramile* est plus capricieux
Et Paradis bien plus délicieux.
De vostre los ai l'âme si férüe
Que si j'estois cygne, et ne fusse grüe,
Mes vers ornez d'un *acumen*[2] subtil
A l'Univers en chanteroient le bril[3];
Mais grües onc n'eurent la voix sonore,
Et toutefois pour garder le décore,
Mes sentiments par vos bontés forcés
S'offrent à vous en carmes deschaussés,
En mendiants, en porteurs de besace,
Enfin en vers qui n'ont ni goût, ni grâce,
Et qui pourtant auroient maints partisans
S'ils vous pouvoient paroistre vers luisans.
Estre barbon comme suis, ce me semble,
Et faire vers conviennent mal ensemble.
Il faut briller et de fougue et de feu
Dont en charbon il se rencontre peu.
Ce qu'ils en ont n'est plus qu'un peu de cendre
Qui, presque esteint, au tumbeau va descendre,
Qu'en moy vos vers ont peu seuls rallumer,
Et je m'en sers maintenant à rimer.

1. Madame de Revel.
2. Mot latin qui signifie : pointe, aiguillon, dard.
3. Dans le sens de briller, ce qui excite l'admiration. Dans l'ancienne langue, *bril* signifiait piège.

Le grand mercy que doit à la peinture
Dont ils ont fait l'aymable pourtraiture,
Onc Apollo de son biceps rocher
Ne produira rien qui me soit si cher.
Ce beau portrait dont mon âme est ravie
Me fait mourir et d'amour et d'envie,
Et vos longueurs ont des proportions
Qui font agir toutes mes passions.
Du Thracien [1], pour mieux le pouvoir dire,
Me conviendroit et le los et la lire,
Mais mon destin ne creut pas à propos
Que, comme luy, j'eusse Lire ny Los [2].
Comme il l'avoit, j'ay barbe semy grise,
Les yeux bordés de couleur de cerise;
J'ai six cheveux qui sont poil d'estourneau,
Les lieux cachés aussy noirs qu'un pruneau;
Le chef d'un œuf couvert d'une perruque,
Le teint pareil aux olives de Luque;
J'ay sur le front quelques compartiments,
Et pour mon peu de bien trop bonnes dents;
Beaucoup de paste au nez mal estendue;
La bouche assés et non pas trop fendue;
Quant à mon corps, hors un chétif endroit,
Grâces aux Dieux est assés long et droit;
Bref pris seroit pour le chantre de Thrace
Si, comme luy, j'avois faconde et grâce
A m'expliquer par le charmant caquet
Qui l'érigea en Divin perroquet.
Mais je me tais, crainte qu'on ne me die,
Non Thracien, mais chantre d'Arcadie,
Et je tiendrois à espèce d'affront
D'estre d'un lieu en chantres si fécond,
Oncques n'auroy ny lenteur ny paresse
A me tirer de cette griffe presse,
De qui les tons et les rudes accents
Touchent bien moins qu'ils n'irritent les sens.
Je ne sçaurois pourtant sans violence
Me proposer de m'imposer silence :
Le doux plaisir de vous entretenir
Ne peut souffrir que je puisse finir.
Que de bon cœur dirois mes patenostres
Si ce plaisir ne chocquoit point les vostres;
Sur ce propos un moment ne voudrois
En les disant m'arrester sur les croix.

1. Orphée qui jouait si bien de la lyre, que les arbres et les rochers se déplaçaient, et les bêtes féroces s'attroupaient, autour de lui, pour l'entendre.
2. Louange.

Un certain bruit icy nous persuade
Que prenez goust à prescher la croisade,
Et de dépit à n'ouïr tel sermon,
Je suis muet comme carpe ou saumon,
Comme turbot, maquereau frais, barbue,
Plie, esperlan, raie, thon ou morue;
Huîtres par moy ne sont icy cités
Faisant grand bruit dans toutes les cités.
Enfin j'en suis muet comme une sole,
J'en pers la liberté de la parolle,
Et je dirois si j'estois allemand,
« Moy, perds la liberté du Parlement. »
Dans le chagrin du sort qui nous esloigne,
Tous les objets me font faire la troigne,
Et loing de vous, ils ont trop peu d'appas
Pour m'empescher de ne la faire pas.
Si je pouvois humilier mes pattes
Jusques aux lieux que couvrent vos savattes,
Vous tesmoigner que rien ne m'est si dous
Que le plaisir de me donner à vous.
Bref si l'honneur que j'ay de vous l'escrire
Estoit changé en celuy de le dire;
En vérité, je ne changerois point
Manteau Royal à mon chétif pourpoint.
En attendant ce bien que je souhaite
Que vous voyez mon muzeau de chouette,
Conservés-moy dans vostre souvenir.
Arreste, Muse, il est temps de finir.

LETTRE DE M. DE SAINT-AIGNAN

Après cent tours et cent retours divers,
Vers ma personne, ignare des bons vers,
Qui voit Phœbus, mais couvert d'une nue,
Votre missive est enfin parvenue.
Je dis enfin, car par chemins tortus
Moynes bottés, asnes, pigeons pattus,
Testudines, *chenilles, vers de terre,*
Et limaçons vont encor plus grand erre;
Souffrez ici, sçavant inter omnes;
La liberté du mot Testudines,
A qui se sert de biceps et décore
Testudines *doit paraître sonore,*
Et mots latins de temps en temps loger
En vers françois n'est pas crime léger.
Or cette lettre aux champs moult paresseuse,
Mais dans la ville une franche coureuse.

Ceste coquette à blanche et douce peau
Que fit issir vostre noble cerveau
Comme Jupin fit madame Minerve,
Pour mon grand nez n'estoit pas sans réserve.
Puisqu'avant d'estre en ces lieux escartez
Tant a voulu trotter par les citez,
Là, dans les mains de gens qui ne sont grues
Plus d'une fois elle a couru les rues.
Si qu'à bon droit vos carmes harassez
Avez nommé des carmes deschaussez,
Puisqu'ils ont tant promené leurs savattes
Qu'à la parfin on en eut veu les pattes,
Si par des mains de neige empacquetez
Au messager n'eussent esté portez.
Ne pensez pas pourtant (homme adorable
Archi-divin, Rimeur incomparable)
Que cette fille aux discours enchanteurs,
Pour s'estre acquis de tels adorateurs,
Pour avoir fait cent amants dans la ville,
Que dis-je cent, pour en avoir fait mille,
Et pour avoir porté de toutes parts
Tant de beauté jusque sur des remparts,
Dans mon esprit en soit plus diffamée,
Ny par les gens d'honneur moins estimée.
Je n'estois pas assez gent damoiseau
Pour de tels mets engraisser mon museau,
Pour gouster seul chose si ravissante,
Ni pour cueillir chose si florissante;
Aussi dès lors qu'elle nous apparut
Si grande ardeur tous mes os parcourut,
Que sans juger trop commune ou tardive
Ton admirable et charmante missive,
J'en prisay tant et la cause et l'effet,
Que je m'en vis cent fois plus satisfait.
Que si jadis d'une botte subtile[1]
J'eusse battu La Frette et Bouteville,
Que si j'avois pris dix sangliers, vingt cerfs,
Fait six balets, entendu huict concerts,
Donné cent bals, veu trente Comédies,
Puis au piquet gaigné six vingt parties,

1. Le marquis de La Frette, ami de Bouteville-Montmorency. Ayant reproché à celui-ci de ne pas l'avoir pris pour second dans sa rencontre avec le comte de Thorigny (1626), ils se battirent en duel et La Frette fut blessé. L'année suivante Bouteville et le comte Des Chapelles eurent la tête tranchée pour leur duel, sur la place Royale, avec le marquis de Beuvron, où Bussy d'Amboise, second de Beuvron, fut tué par Des Chapelles, et La Berthe, second de Bouteville, blessé grièvement par Buquet, écuyer de Beuvron. Sur ces deux duels, le *Mercure François*, tomes XII et XIII, années 1626 et 1627, apporte de très intéressantes précisions.

Pris trente-et-un contre Monsieur Tubeuf[1]
Livré quarante-un, fait quinze sur neuf,
Que si j'avois en secrette Musique
Pu de mes doigts toucher une Angélique[2],
Bel instrument duquel viendroit à bout
Clef de nature et B mol point du tout;
Mais il est fait d'un bois incorruptible
A tout chacun par trop inaccessible.
On auroit beau pour venir à ce point
Cordes bander, il n'accorderoit point,
N'estant pas moins à monter difficille
Que nostre Croix à mettre sur la pille,
Que d'un métal très pur Dieu façonna
Et qu'onc joueur sur le dos ne tourna,
Hors celuy seul à qui fortune exquise
Fit que ce tour permis fut par l'Eglise,
Ne soyez donc muet comme un Saumon
De pur dépit de n'ouïr mon sermon.
En tel parti, c'est à moy de me taire;
A beau prescher qui n'a soin de bien faire;
Si de sa part bien faire elle vouloit,
Du costé nostre assez bien l'on feroit,
Mais en laissant le faire et le non faire,
Puis qu'en tel cas ne gist point nostre affaire,
Si vous va faire un serment par Elio,
Par Ericine et son charmant Trio,
Qui nous fait veoir bien souvent en peinture
Face sans nez d'agréable structure;
Que vostre esprit et si grand et subtil
Au prix du mien tout bas et tout reptil,
Qui se montrant si fort inimitable,
N'estant point Dieu faut que vous soyez Diable;
J'entends de ceux dont sans confusion
Chacun peut bien en avoir la raison.
Trois fois heureux qui verra dans sa vie
L'Original dont j'ay receu copie :
Qui baisera ce front emperruqué
Que rides n'ont pourtant point attaqué,
Ces yeux exemps de couleur de cerise,
Ces pieds, ces mains, cette barbe peu grise,
Ou, pour parler plus correct, ce barbon,
Ces lieux secrets aussy noirs qu'un charbon
(Similitude en ce lieu moins estrange
Que le pruneau qu'en caresme l'on mange),

1. Le président Tubeuf que Mazarin appelait M. Toubouf. Les Tubeuf passaient pour tirer leur origine de bouchers de Paris.
2. Madame de Revel, voir sa notice p. 83.

Enfin ce corps, et mesme cet endroit
Que vous criez n'estre ny long ny droit,
Ce qui doit bien garder qu'on ne vous die
Avec raison un chantre d'Arcadie ;
Car vostre voix a d'ailleurs tant d'appas
Qu'il est certain qu'on ne le dira pas.
Illustre amy, rare et charmant génie,
Puisque le sort avec sa tirannie,
Si loin de vous se plaist à me tenir
Que toûjours sois en vostre souvenir;
Comme je veux de bon cœur vous promettre
D'avoir présent et le los[1] *et la lettre,*
Don de qui l'heur méritoit estant joinct
Manteau Royal couvrant vostre pourpoint.
Si, de ma part, j'avois heur sans mérite
Bien fort chez moy, bouilliroit la marmite;
Je diroy plus, ma foy, qui m'en croiroit,
Manteau ducal mon pourpoint couvriroit;
Mais des manteaux nous pouvons faire trève
La canicule encor qu'elle s'achève.
D'un air si vain a le temps eschaudé
Qu'il suffira d'un pourpoint tailladé,
Le rattachant, pour sembler plus modeste,
De ruban bleu, couleur toute céleste,
Lequel puissiez, exempt de tout soucy,
Veoir de bien près dans cinquante ans d'icy.

RESPONSE A UNE DES LETTRES DE M. DE SAINT-AIGNAN

Comte adorable, et qui croiés peut-être,
Que serf ne doit répliquer à son maistre,
Que répliquer quand il est corrigé
Luy fait donner châtiment ou congé.
Si vos bontés dans vos carmes tracées
Des miens chétifs ne se trouvent lassées,
Si vostre goût n'en est attédié,
Après avoir le secours mendié
De vostre Muse, afin qu'elle m'inspire,
Permettez-moi, cher Seigneur, de vous dire
Ou pour user de ce mot répliquer,
Qu'il n'en est point qui puissent expliquer
Les sentiments qu'en mon âme a peu mettre
Vostre obligeante et trop charmante lettre.
Après avoir sur ce cas ruminé
J'en dis *confussatus est Domine.*

1. Louange.

L'honneur que m'avez fait de me respondre
Sçait bien charmer, mais il sçait mieux confondre,
Et mon respect, par mes yeux abaissés,
Vous dit pour moy *Domine*, c'est assés.
Vous me parez avec bien trop d'usure,
Et vos bienfaits sans sujet, sans mesure,
Par leur excès et leur profusion
En les lisant font ma confusion.
Dans cette gloire à peine puis-je dire
En rimaillant un chétif mot pour rire,
Et nostre Muse en a tant d'embonpoint
Qu'elle est sans nez et ne se connoit point.
Muse camuse, ou bien Muse camarde,
Cours vistement et ne sois plus musarde,
Ne cherche plus de secours pour t'offrir
Puisqu'on te fait l'honneur de te souffrir,
Ton vieux patois, ton latin, ton tudesque,
Ne choque point la licence burlesque.
De quelque aloy que tes vers soient forgez,
Ils sont traités en carmes mitigés,
Et nostre Comte en a fait tant d'estime
Que ta rougeur passeroit pour un crime.
Ton cuir, dit-il, est plus doux qu'un satin
De la Gournay[1], tu portes le patin,
Tu as son teint, sa bouche, sa prunelle,
Dans tes beaux jours on te prendroit pour elle,
Et le troupeau des nœuf Sœurs ou Sœurs neuf,
T'a fait l'employ des farceurs du Pont-neuf.
A nous n'appartient tant de braveries,
Et tout cela possible est raillerie,
N'importe ! Il faut soubmis à ses bontés
En révérer toutes les volontés;
S'il veut des vers il faut lui en escrire,
Sans façonner, sans se le faire dire.
Je connois bien que cet abaissement
Bien qu'il soit juste, et que mon compliment
Dont la longueur est sans doute excessive,
Desrogeront à burlesque missive;
Mais vérité me force et je ne puis
Vous escrivant taire ce que je suis :
A mon regret ne suis que peu de chose;
J'escris mal en vers, pirement en prose,
Ne laissant pas néantmoins d'estimer
Qui fait bien prose et qui sçait bien rimer,
Et sans jacter les amourettes nostres,
Mes passions sont à peu près les vostres,

1. Mademoiselle de Gournay : Marie Le Jars, la fille d'alliance de Montaigne.

Le jeu, le bal, la musique, les vers,
Tournois, ballets, comédies et concerts,
Chasse, chevaux, chiens, chants, et chansonnettes,
Joieux devis, amoureuses sornettes,
Furent jadis tous mes amusemens;
Et maintenant mes plaisirs plus charmans
Sont d'adorer, dedans vostre escriture,
De vostre esprit, l'aimable portraicture,
Il est si doux, si fécond, et si net
Que ne m'en puis distraire un tantinet;
Qui le feroit me rendroit misérable,
J'en souffrirois autant qu'un pauvre diable,
Mais en taisant ma joie et mes ennuis,
Examinons un peu si je le suis :
Diables, dit-on, ont la teste cornue,
Hommes d'Enfer ont leur fesse tondüe,
Ils ont l'ergot et le pied comme un coq,
Les mains sans doigts, et faites comme un croc,
L'œil de souris, le nez d'une guenuche,
Le trou puant aussy noir qu'une autruche,
Car tapissier et peintre nous font veoir
Que tels oiseaux ont le trou du cul noir,
Et si d'ailleurs les choses ne sont fausses,
Ces beaux Messieurs ont grand'queues à leurs chausses,
Et qu'on pourroit traiter d'honnestes gens,
N'estoit qu'on dit « Ces diables de sergens ».
Ils ont le corps pareil à des Harpies
D'autres les font blanc et noir comme Pies,
Les Indiens les blanchissent ainsy,
Nous, aussy noir que du noir à noircy.
Ils sont tous bien et cecy n'est point fable,
On dit : « Il boit et mange comme un diable »,
Et lorsqu'on veut gratifier l'amy :
« Il fit cela comme un diable et demy ».
Bref cette gent a grande renommée
Selon le goût ou soufferte ou blasmée;
Ils craignent l'eau béniste et ne voudrois
Ainsy qu'ils font fuir devant la Croix.
Bien qu'en vos vers me nommiez de la sorte,
Que je sois diable ou non, peu vous importe
Que si de nous comme le croit chacun
De tels suivants en a pour le moins un,
Que sois le vostre et que parfois vous tente
Par mauvais vers et par lettres ennuyantes,
Vous respondant de charmer le soucy
Des diablotins de ce pays icy,
Ou je veux bien qu'autre lutin me tonde
Si l'on a peine à trouver que répondre,

C'est grand hazard et fameux accident,
Quand on y peut trouver le respondant,
Puisque pour nous avez daigné de l'estre
Soyez toûjours monseigneur et mon maistre,
Et accordez à ma soumission
L'honneur de vostre affection....

ABBÉ DE SAINT-FIRMIN

Alphonse de Simiane, abbé de Saint-Firmin et de St-Signant, mort à Paris en 1681, était fils de Claude de Simiane de La Coste, seigneur de Montbidos, [1] conseiller, premier président au Parlement de Dauphiné, et de Louise Du Faure, fille de François, seigneur de la Rivière et de Tencin, président au même Parlement, et de Justine Dalphas. Il a passé pour un esprit délicat. Ses vers, dit son contemporain Philibert Brun, ont un tour fin et spirituel. En même temps qu'il convertissait le protestant Samuel Dalliez, receveur général, Saint-Firmin écrivait à Le Pays le madrigal suivant sur son ouvrage : *Amitiez. amours et amourettes* (*Grenoble, 1664*).

L'Amour à l'Auteur.

Du prix de ce galant Ouvrage,
Où ma gloire s'estalle avec tant d'ornement,
Je rends moy-mesme icy ce fameux tesmoignage
Pour donner à la tienne un digne fondement.
De son charme secret on ne se peut deffendre :
Rien de plus délicat, de plus doux, de plus tendre,
Ne fit jamais connoistre un amoureux Auteur;
Les Grâces, les Amours s'occupent à te lire
Enfin toute ma Cour, tout mon charmant Empire,
Te veut sçavoir par cœur.

L'abbé de Saint-Firmin n'a pas été épargné par les médisants. Une petite pièce les « Galanteries grenobloises » écrite vers 1662 lui consacre ce couplet :

Que Saint-Firmin se promène,
Tous les soirs, avec Juston,
Que souvent il se démène
Pour manier son téton,
Qu'il donne de l'exercice
A l'écolier, au novice,
Je me ris de leur destin
Pourvu que j'aie du vin.

1. Claude de Simiane s'était marié le 15 septembre 1621, et il eut douze enfants dont dix filles ; il testa le 29 mars 1652.

Ces insinuations valent probablement tout autant — c'est-à-dire moins que rien — que celles de Blot sur les mœurs des pages de la maison de Gaston d'Orléans [1].

Dans le recueil de *Poésies dauphinoises*, publié par Mr de Terrebasse, on trouve un : *Dialogue (en vers) de l'Amour et de l'Hymen sur le Zapate* [2] *de S. A. R. (son altesse royale)*, par l'abbé de Saint-Firmin.

Le Ms. de Chaulne ne contient qu'une lettre en vers adressée à Alphonse de Simiane.

A UN ECCLÉSIASTIQUE
qui m'avoit escrit des douceurs en vers.

D'une rougeur *omnino* pudibonde,
Parnassien le plus charmant du monde
Ton doux pinceau en los [3] indufécond
M'a fait monter le coloris au front ;
De tes escrits je me vois si peu digne
Que n'en crois pas mériter une ligne;
Ton rare esprit pour moy trop libéral
Du double mont met à sec le canal,
Mais à tel point que les neuf doctes Filles,
Sans pied mouiller y peschent aux dormilles [4],
Et ce plaisir les occupe si fort
Que leur secours pour moy semble estre mort;
Quand j'ai cuidé l'avoir pour te respondre,
Elles m'ont dit de m'aller faire tondre,
Et veu me suis, en dépit de mes vœux,
Chauve de vers autant que de cheveux !
Quand je pourrois gober à tasse pleine
Cette liqueur qui coule d'Hypocrène,
Pour en sentir les vapeurs au cerveau
Me conviendroit devenir buveur d'eau;
L'horreur que j'ay de ce mot dans ma bouche,
Me rend cent fois plus muet qu'une souche,
Souches pourtant dodonnoises [5] jadis
De beaux propos ont chanté plus de dix,
Et n'eussent peu pour le moins sans miracle,
Et, ce faisant, prononcer un oracle.

1. Voir *Les Chansons libertines de Blot*, p. XVII.
2. Cadeau, en forme de surprise déposé. à l'occasion de la fête de Saint-Nicolas, dans un soulier ou dans une pantoufle et fort en usage dans quelques coins d'Italie.
3. Nous ignorons le titre de la poésie laudative adressée à Claude de Chaulne par l'abbé de Saint-Firmin à laquelle il est fait allusion ici. Elle n'est pas dans le Ms.
4. Vers à soie en mue.
5. Forêt de Dodone où les chênes rendaient des oracles.

Mais l'on m'a dit que la langue en ces bois
Est ores feuilles et n'a ni son ni voix;
Sans te mentir en cette répartie
Je croy la mienne en feuille convertie,
Et ne voudrois pour un bon quart d'escu,
Qu'homme brenu s'en fist son torche-cu!
Ainçois retiens à faveur non pareille
Si l'on n'en fait un bouchon de bouteille;
Par son moyen l'on peut me consoler
Dans le chagrin de ne pouvoir parler,
Et mainte fois je me suis laissé dire
Que sa liqueur joyeux devis inspire,
Que ses vapeurs qui vont jusqu'aux bonnets
Nous font jaser ainsi que sansonnets,
Et certain est que tout sansonnet jase;
Mais de tes vers je me treuve en extase,
Et ne crois pas m'en pouvoir relever
Si je ne bois et ne pinte à crever.
Or en crevant je crains que ma bedaine
Me fist crever par sa mauvaise haleine.
Je ne voudrois estre en mauvaise odeur
A gens mitrés comme est vostre Grandeur,
Mitré vrayment, mais à si juste tiltre
Qu'oncques mortel de mortier, ou de mitre,
Si dignement n'a affublé son chef;
Mériteriez certes le couvrechef
Pontifical, à qui gent non barbare,
Ainçois romaine, a donné nom de Tiare!
Que je serois un drosle *esperlucat*
Durant le temps de ce pontificat;
Que je nourris de douces espérances
Pour grands pardons et belles indulgences,
Pour jubilés et jubilations.
Lors quatre-temps, jeusnes, rogations,
Voyant *fesset* la moitié du Caresme
Prendroient le teint et le visage blesme,
Et ce seroit seulement par pitié
Que les dévots en feroient la moitié.
Tous ces désirs que la vertu m'inspire
Ne souffrent pas les bornes d'un empire,
Et quelque esclat qu'elle porte à mes yeux
Dans ce haut lieu elle esclatteroit mieux.
En attendant qu'à tel point elle esclatte,
Je luy souhaite un béguin d'escarlate,
Ou si trop chaud est ores tel béguin,
Il me suffit qu'il soit d'escarlatin.
Je sens en moy forte concupiscence
De te servir d'un lopin d'Eminence,

Et me paroist, certes, que tel lopin
Vaut un levraut ou du moins un lapin.
Mais en laissant lapin et lapinière,
Rentrons chacun dans nostre chacunière.
Pour de Fortune éviter le revers,
Contentons-nous de rimaille et de vers;
Mais de fort peu, car d'en donner grand somme
Je pourrois bien t'ennuier, autant comme
Suis ennuié de voir que la raison
Ne peut tirer les beaux jours de prison,
Que le Printemps a la barbe de glace,
Que l'Esté gueuse et porte la besace,
Et que l'Automne imitant ses voisins
Ne pourra pas colorer nos raisins,
Cérès à peine aura des Espis jaunes.
Je suis ton serviteur, Claude de Chaulnes.

COMTE DE TOURNON

Just-Louis, comte de Tournon et de Roussillon, bailli du Vivarais, maréchal de camp, fils de Just-Henri, seigneur de Tournon, comte de Roussillon, et de Catherine de Lévis-Ventadour, épousa Françoise de Neuville-Villeroy[1], dont il n'eut pas d'enfants. Le 8 juillet 1642 il fut pourvu, par lettres de Louis XIII données à Lyon, de la Lieutenance générale de Dauphiné en remplacement du duc de Lesdiguières nommé gouverneur. Deux ans après, il fut tué au siège de Philipsbourg[2].

Le Ms. de Chaulne ne contient qu'une lettre adressée au comte de Tournon :

A MONSIEUR LE COMTE DE TOURNON

Grand Comte de qui la mémoire
M'a provoqué cent fois à boire,
Héros illustre soubs qui Mars
A soumis tant de braquemars;
Depuis le jour que vostre absence
Mist à l'épreuve ma constance,
Et que feu Monsieur de Chasé[3]
Avec son visage posé
Receut de vous l'adieu funeste,
J'ay cent fois souhaité la peste;
Ce mal m'estant beaucoup plus doux
Que celuy d'estre loing de vous,
Vous sans lequel on ne peut dire
Ce *Quirie* Tantirelire,
Que vous nous faisiez entonner
Après un excellent disner;
Ce *Quirie*, je le confesse,
Bien que l'ornement de la Messe
Qui, lors que vous me l'eustes dit,
Me fust plus cher que le crédit,

1. Nous donnons plus loin la lettre adressée par Claude de Chaulne à la veuve du comte de Tournon, alors duchesse de Chaulne.
2. Le duc de Sully, par lettres données à Paris le 27 décembre 1644, remplaça le comte de Tournon dans la lieutenance générale de Dauphiné.
3. Henry de La Guette, sieur de Chasey ou Chassé, maître des requêtes, intendant de justice et de police de Dauphiné.

De mes malheurs n'est pas le pire :
Je ne puis ny chanter, ny rire,
J'en suis aussi sot qu'un Oison,
Je n'ay ny rime ny raison,
Et mon pauvre esprit à la gesne
Ne peut rien produire sans peine,
Je vois plus de glace en mes vers
Que sur la barbe des hivers,
Enfin je n'ay plus de pensées
Qui ne soyent froides ou forcées;
Sitost que j'appelle Apollon
Il prend les mules au talon,
Et pour moy le cheval Pégase
Est cent fois plus rétif qu'un Ase.
Prions le destin qu'il nous gard
Des chansons de Monthélimart,
Cela soit dit par parenthèse.
Quand les tétons seront sans fraise,
Lors que la dame de Revel[1]
Suivra les plaisirs du bordel,
Quand Jordan[2] dira son office,
Ou qu'il sera sans chaudepisse,
Quand Boissac[3] sera sans caquet
Et Féraucourt[4] sans son hoquet,
Lors que Bruslon[5] sera pécore,
Quand L'Enclos[6] et monsieur Du Faure[7],
Passeront pour des buveurs d'eau,
Lors que le tactac du couteau
Importunera leurs oreilles,
Quand ils haïront les bouteilles,
Lors que mon Prince[8] et nostre amy
Sera sans madame Remi[9],
Son éloquence sans emphase,
Qu'il portera la barbe rase,
Qu'il croira que son cabinet
N'est pas des mains de Fréminet[10],

1. Voir p. 83 la notice sur madame de Revel.
2. Jordan ou Jourdan (?) voir p. 12, note 3. Si ce n'est pas le même personnage, ce Jordan serait peut-être un ecclésiastique.
3. Boissac, probablement Pierre de Boissat, dit l'Esprit.
4. Nous n'avons trouvé aucun renseignement sur Féraucourt.
5. Bruslon, c'est Jean Déageant, sieur de Bruslon.
6. Est-ce Henry de L'Enclos, le père de Ninon, qui tua en duel le baron de Chabans?
7. Pierre Du Faure, de Colombinières, conseiller au Parlement de Grenoble.
8. Probablement Gaston d'Orléans.
9. Nous n'avons aucun renseignement sur cette maîtresse de Gaston d'Orléans.
10. L'un des fils du célèbre peintre Fréminet (1567-1629). Ce fils qui s'appelait Martin comme son père est cité par Félibien, comme un peintre habile.

Qu'il souffrira la raillerie,
Que l'on fait de sa pierrerie,
Bref quand le sieur de Saint-Sauveur[1]
Ne sera cocu ni menteur;
Alors vrayment vous pourrez dire
Que personne ne vous désire,
Qu'on a dans vostre esloignement
Plus de plaisir que de tourment.
Enfants de ma commère l'Oie,
Tristes ennemis de ma joie,
Qui pour moy seul estes mutins,
Je n'ay pas mon comte d'Estins[2].
Sans luy, ny vous, ny la Fortune,
N'avez rien qui ne m'importune.
La Gloire a-t-elle tant d'appas
Que par tout il suive ses pas?
Qu'elle le charme et le cajole.
Je voudrois qu'elle eust la vérole,
Il n'oseroit en approcher,
Et s'en reviendroit nous chercher.
Lors qu'un de nos amis nous donne
Du fameux Coral[3] de Bayonne,
Je médite à chaque morceau
Un panégiricq du ponceau,
Mais ma pensée est combattue
Par le souvenir qui me tuë
De celuy qui chez vous parfois
Mettoit la rougeur dans vos doigts,
Et dont vos bontés excessives
Nous faisoient rougir les gencives;
Jamais esperonnier ne fait
Tels esperons pour le buffet.
Ce penser me pique et me touche,
L'eau m'en vient encor à la bouche,
Oui, car je n'y en mettrois pas,
Que si vostre vin de Cornas[4],

1. S'agit-il de M. de Saint-Sauveur, intendant de M. de Chavigny?. Nous ne savons.

2. Est-ce Joachim, comte d'Estaing, né vers 1617, mort en 1688, qui épousera plus tard le 11 août 1650, Claude Catherine Le Goux, fille du premier président du Parlement de Dauphiné (4 août 1614), décédé à Grenoble, en 1653?

Joachim avait employé ses loisirs à composer une histoire généalogique de sa famille, et c'est à lui que Boileau a fait allusion dans sa satire contre la Noblesse :

Je veux que la valeur de ses aïeux antiques
Ait fourni de matière aux plus vieilles chroniques,
Et que l'un des Capets, pour honorer son nom,
Ait de trois fleurs de lys doté son écusson.

3. Corail.

4. Petit village à 2 kilom. de Saint-Peray, renommé par ses vins.

Par la vertu de ses parolles
Faisoient de telles capriolles,
Jambons vous seriez seulement,
De tous mes discours l'ornement;
Comte, quittez le pays où vous estes,
Lassez-vous de casser des testes,
Laissez le service du Roy,
Pour Justine de Villeroy[1].
Le commandement d'une armée
Tout l'esclat de la Renommée,
Dont nos ennemis sont battus
Est au dessoubs de vos vertus.
Monsieur de S. XX[2] se lasse,
De veoir Ridel[3] en vostre place,
Et moy je suis au désespoir
D'estre si longtemps sans vous veoir :
Moy qui ai nom Claude de Chaulne,
Dont le teint violet et jaune,
N'a plus que ce faux vermillon
Qu'ont les carpes au court-bouillon,
Ou qu'on voit sur une omelette;
Moy qui ne suis plus qu'un squelette,
Et qui seray toujours ainsy
Si vous n'estes bientost icy;
Nostre Intendant[4] que Dieu bénisse,
Pour me guérir de ma jaunisse,
Fait des prières chaque jour
Pour celui de vostre retour.
Si le Seigneur ne les exauce
Je quitte Saumur[5] et sa saulce
Et jure par feu Saint-Hubert
De ne boire que du vin vert.

---

1. Françoise de Neuville, fille aînée du maréchal de Villeroy, sa femme.
2. Est-ce M. de Saint-Sauveur dont il a déjà été question? voir p. 63, note 1.
3. Nous ignorons tout sur Ridel.
4. Est-ce Yvon, sieur de Lozières ?
5. Nous ne connaissons pas la raison pour laquelle Claude de Chaulne se trouvait à Saumur; c'est de cette ville qu'il envoya une « gazette » à Foucquet.

DUCHESSE DE CHAULNE

Françoise de Neuville, fille aînée du maréchal de Villeroy, et veuve de Juste-Louis de Tournon, avait épousé en secondes noces, le 3 mai 1646, Henry-Louis d'Albert, vidame d'Amiens, puis duc de Chaulne, mort le 21 mai 1653, laissant deux filles. La duchesse de Chaulne ne mourut qu'en 1701, âgée de soixante-seize ans.

Madame de Chaulne aimait les lettres, elle fut une des quatre grandes dames qui intercédèrent, à la demande de Benserade, près de Mr de Chasteauneuf, nommé en 1650 garde des Sceaux pour la seconde fois, dans le but de faire rétablir la pension attribuée au vieux poète Jean Ogier de Gombauld.

Le Ms. de Chaulne contient les deux lettres suivantes adressées à Françoise de Neuville :

A MADAME LA COMTESSE DE TOURNON, MADAME LA DUCHESSE DE CHAULNE

Dame de qui bouche vermeille esclatte
Autant ou plus que ne fait l'escarlatte
Dessus le dos du guerrier jouvenceau
Quand il en porte ou roquet ou manteau;
De qui le sein, plus blanc que n'est l'albastre,
Se rit du fard et se mocque du plastre;
De qui le teint sans soin mais ravissant
A la frescheur du plus beau jour naissant;
Dont les cheveux aussy noirs que l'ébène
Ont fait cent fois et ma joie et ma peine;
Dont le beau corps qui fait tant d'envieux
Est le plaisir et le charme des yeux;
De qui les yeux plus doux que cassonade
Font mon esprit inquiet et malade,
Quand ces tyrans d'un regard irrité
Donnent le fouet à ma témérité.
La Renommée en chantant leurs louanges
En a conté des choses bien estranges :
Elle publie hautement que chez eux
L'on peut trouver toutes sortes de feux;

Qu'ils ont le feu des esclairs de la foudre;
Qu'avec ces feux ils mettent l'âme en poudre;
Qu'ils ont des feux brillants dont la beauté
Fait papillon le cœur plus révolté;
Qu'ils ont le feu dont le Dieu de lumière
Rend les objets à toutes les visières,
Et ce feu doux dont les embrasements
Font des brèches dans les cœurs des amants;
Qu'Amour parfois par un heureux caprice
Y fait brûler quelque feu d'artifice,
Des feux de joie, alors que ses beaux yeux
L'ont, à son gré, rendu victorieux.
Messieurs les yeux, mais qu'il ne vous desplaise
Que vous soyez ou de flame ou de braise,
Que vous soyez ou chandelle ou flambeau,
Ce n'est pas vous qui creusez mon tombeau;
C'est vostre pied, Dame, pour qui souspire[1]
Mon triste cœur et qui n'ose le dire,
Et c'est à luy tout seul que sont offerts
Ces vers en prose et cette prose en vers :
Pied merveilleux, prendrez-vous point envie
D'un mouvement moins fatal à ma vie,
Et voulez-vous avancer mon trépas
En m'esloignant des traces de vos pas.
Mon cœur seroit en fine sépulture
S'il ne portoit vostre aymable peinture,

1. Dans sa gazette (Du Jardin : *L'on voit icy la blonde et la brunette*) à Foucquet, Cl. de Chaulne revient longuement sur le pied de la comtesse de Tournon :

Ce que je puis, pressé de ma disgrâce,
C'est de baiser de son beau pied la trace,
Pied merveilleux que la Nature a fait
De la couleur des roses et du lait.
Quand j'escriray ceste gazette en prose
Monsieur le lait précédera la rose,
Pied dont la pointe est toujours en dehors,
Pied le soutien d'un trop aimable corps,
Pied dont mon cœur, sera, je vous assure,
S'il plaist aux Dieux l'éternelle chaussure;
Quand il feroit effort pour en sortir
Ma passion n'y sçauroit consentir.
Il m'a permis de l'aymer et le dire,
C'est pour ce pied que mon âme souspire.
Si tous mes vers estoient faits de tels pieds
L'on n'en verroit jamais d'estropiez;
Car un beau pied, soit qu'il marche ou qu'il danse,
Ne peut quitter la grâce et la cadence.
Les autres pieds que l'on voit en ces lieux
Sont tous pieds plats, qui font horreur aux yeux,
Dont la vapeur parfois les nez assiége,
Qui font les grands sur un amas de liége,
Et qui pourtant semblent dire aux calçons :
« Hélas, Messieurs, changez-nous en chaussons »....

Et ne seroit sans doubte à trépasser
Sy l'oubli vostre avoit peu l'effacer.
Ah ! pied mignon, pied mignart, pied d'ivoire,
Que ne peux-tu passer de ma mémoire
Jusqu'à ma bouche, et mes maux appaiser
Par les transports d'un amoureux baiser !
Que la colère icy ne vous eschappe,
L'on baise bien la pantoufle du Pape,
De qui les pieds saints et canonisés
N'en ont jamais été scandalisés.
Je n'ay pas moins de respect pour le vostre,
Que pour les pieds d'un successeur d'Apostre,
Et je diray jusqu'à mon dernier jour
Que vostre pied m'a donné de l'amour,
Qu'il est l'objet de toutes mes pensées ;
Un autre objet les rend tristes, forcées,
Il n'en est pas un autre assez charmant
Pour les pouvoir occuper un moment.
Sans la blancheur qui brille en ce beau membre,
Je le croirois tout de musc ou tout d'ambre ;
Sans cette odeur je croirois qu'il est fait
Avec l'ivoire et la neige et le lait.
Ce composé de tant d'aymables choses
N'est qu'un amas de jasmins et de roses,
Mais mon destin ne veut pas consentir
Que je le puisse ou baiser ou sentir.
Que mon amour a de la deffiance :
Il est jaloux quand il suit la cadence,
Et quelque part que le portent ses pas,
Il meurt d'ennuy de ne le suivre pas.
Je suis confus d'estre en estat de vivre,
Et n'estre pas en estat de le suivre.
Que tout l'encens qu'on doit aux Immortels
Embaume l'air aux pieds de leurs autels,
Ma passion sans scrupule et sans crime
Veut autrement immoler sa victime,
Et je vous offre en vers estropiés
Un los brûlant sur l'autel de vos pieds.

A MADAME LA DUCHESSE DE CHAULNE

Dame qu'on ne peut trop aymer,
Que l'art de plaire et de rimer
Se treuvent rarement ensemble,
Heureux celuy qui les assemble !
Et que mon destin seroit doux
Si je les avois joints pour vous !

Parnasse abonde en fleurs divines,
Et pourtant n'est pas sans espines,
Et bien souvent on n'y fait don
Que d'une ronce ou d'un chardon.
Je sçay que vostre esprit s'abaisse
Mesmes jusques à la foiblesse,
Que tout grand et tout haut qu'il est,
Ce qu'on peut est ce qui luy plaist.
Autrement qui pourroit prétendre,
Divine Duchesse, à vous rendre,
Soit en parlant, soit par escrit,
Ce que l'on doit à vostre esprit?
N'imaginez pas que j'entame
Un discours sur vostre belle âme;
Je n'ay rien à dire aujourd'huy
Sinon qu'elle est dans un estuy
Qui est la merveille des choses.
Un corps fait de lis et de roses,
Et qui tout seul a les odeurs
Qu'ont ensemble toutes les fleurs,
Sert à cette âme de retraite;
Que le bon Seigneur qui l'a faite
Sçait qu'il n'a rien fait de pareil
En lumière que le Soleil,
Et je la tiens mesme plus claire
Qu'il eust de plaisir à la faire!
J'en croy tant que je vous promets
Qu'il ne la deffera jamais :
C'est son chef-d'œuvre et son image,
C'est enfin son plus bel ouvrage;
Mais je suis bien outrecuidé,
J'en dis plus que n'avois cuidé.
Excusez! Sans ce terme antique
Ma Muse estoit paralytique,
Et ce fut un jour de Sabbat
Que le miracle du grabat
Qu'un perclus porta sur sa teste;
Ledit sabbat veut dire feste,
Festes les jours qu'on ne fait rien!
Je croy qu'il auroit esté bien
Pour cette missive damnée
Qu'on eust festé cette journée.
Pour ma rime un jour de repos
M'auroit semblé plus à propos,
Elle ne courroit pas fortune
D'ennuier et d'estre importune;
Elle seroit dans le néant,
Et j'aurois esté fainéant

Une fois à mon advantage.
J'en pourrois dire davantage,
Mais j'en troublerois le plaisir
Abusant de vostre loisir.
Il suffit, charmante personne,
Qu'un moment ma lettre vous donne
Un peu de souvenir pour moy;
J'oublie bien, je ne sçay quoy,
Ah! c'est une jeune servante
Qui est chez vous qui me tourmente,
Qui boute mon cœur en amour
Sur le ton de Suzanne un jour.
Faites-m'en s'il vous plaist justice,
Qu'elle m'aime ou qu'on la bannisse
Du royaume de ma raison
Dont elle a bruslé la maison.
J'ai grand peur que cet incendie
Ne se termine en tragédie,
Et qu'il ne me fiche au tombeau
Ce qui ne seroit guère beau;
Car maux font piteuse grimace
Madame, accordez-moi la grâce
D'oublier ce fol entretien
Et s'il vous en souvient, du moins, n'en dites rien!

PRÉSIDENTE DE CHEVRIÈRES

Marie, fille unique de Jacques de Sayve, président au Parlement de Dijon, et de Barbe Giroud, épousa le 29 avril 1642, Jean de La Croix, seigneur de Chevrières, baron de Serves et de Clérieu, comte de Saint-Vallier et de Vals, marquis d'Ornaison.

Ce Jean de La Croix, docteur en droit, avocat au Parlement de Paris, conseiller au Parlement de Grenoble en 1642, ambassadeur à Rome en 1644, conseiller d'Etat (1645-1648), et président au Parlement de Grenoble en 1650, mourut en 1680. De son mariage avec Marie de Sayve, il eut dix enfants.

Le Ms. de Chaulne contient la lettre suivante adressée à Marie de Sayve :

A MADAME LA PRÉSIDENTE DE CHEVRIÈRES

Charmante, rare et divine Ornacieus,
Que le Ciel fist pour le plaisir des yeux ;
Foy de cousin, je ne puis m'en dédire,
Un mal pressant me force de vous dire
Que vostre absence et vostre éloignement
Ont déconfit tout mon contentement.
Depuis le temps que vivez en Bourgogne
Mon pauvre groin fait si piteuse trogne,
Si toutefois trogne nommer je dois
Le noir chagrin qui gist sur mon minois,
Qui, chaque jour, tout noir qu'il est travaille
A barbouiller ma barbe de grisaille,
Qui, sans cela, seroit possible encor
Teinte en ébène ou jaune comme l'or,
Car chacun sçait qu'il n'est point d'homme au mond,
Qui ne soit noir, rousseau, châtain ou blond.
De tout cela si le voulez sçavoir,
Certainement Nature me fit noir ;
Mais je vois bien, n'en déplaise à Nature,
Qu'elle eut pour moy très mauvaise teinture,
Puisque ce noir devient déjà plus gris
Qu'un cordelier frocqué dans ses habits ;

Car cordeliers sans froc et sans chemise
N'eurent jamais un lopin de chair grise,
Et cordeliers bien que de gris couverts
Sont volontiers sous la chemise verts,
Dont vous direz, madame et douce amie,
Qu'en ce point là cordelier ne suis mie,
Tant je me trouve interdit et perclus
Depuis le temps que je ne vous vois plus.
Nos cabarets ont fermé leurs boutiques,
Nos violons, presque paralytiques,
Ne donnent pas un pauvre coup d'archet :
Bref le plaisir est pris au trébuchet,
Et nos prescheurs qui seuls osoient médire
Contre nos mœurs n'ont plus ce mot pour rire.
Dame Pandore a sa boiste crevé
Si que douleur tient le hault du pavé[1],
Et l'on ne voit jamais gueule qui rie
Qu'incontinent elle n'en soit marrie.
En bonne foy vous pouvez bien juger,
Si ce n'estoit pour boire ou pour manger,
Qu'on ne verroit jamais la mienne ouverte
Tant je me vois sensible à vostre perte.
Tous nos soufflés désormais de relais
N'ont plus l'employ qu'ils auroient aux palais,
Nos plats portés, nos ragousts et nos sauces
N'offrent au goût que des délices fausses.
Dans ce malheur nos chansons seulement
Pourroient servir pour un enterrement.
Il faut pourtant que vostre fille sçache
Que sa naissance a donné du relasche
A nostre ennuy, qui ne seroit si grand
Si la fillette avoit autre devant;
Si elle avoit une autre pissotière
Nostre douleur seroit au cymetière,
Tant il est vray que ce morceau de chair
A tous les yeux est précieux et cher.
Pour moy, je tiens l'opinion douteuse
De ceux qui l'ont nommé partie honteuse[1];
Et n'en déplaise à celuy qui premier
L'osa couvrir de feuille de figuier :
Figue pour lui, il fit une sottise
Car il devoit d'un coin de sa chemise
Cacher l'endroit par lequel il pécha;
Aussy, fust-il après telle mesprise
Bouté dehors comme un péteur d'Eglise

1. Voir *Les Œuvres libertines de Cyrano de Bergerac*, t. I, p. 88.

D'un lieu dont plus ne trouva le chemin
Ainsy que dit un livre en parchemin.
Une autre fois vous ferez autre chose
Et vous mettrez l'espine où est la rose;
Puisque le Ciel veut l'ordonner ainsy,
Je vous en dis un piteux grand mercy,
Mais Marion si vous estes sensible
A nostre ennuy, et qu'il vous soit possible,
Faites que les moments de vostre éloignement
Coulent plus vistement.

MADAME DE CLÉRIEU

Madame de Clérieu doit être la veuve de François Octavien de La Croix de Chevrière, baron de Clérieu, enseigne de la mestre de camp du régiment des gardes du roi, mort au siège d'Arras en 1640 et enterré à Amiens.

Le Ms. de Chaulne contient une lettre adressée à madame de Clérieu.

A MADAME DE CLÉRIEU

sur le nombre quatre qu'elle aymoit extrêmement.

Deux fois un, deux, et deux fois deux font quatre,
Tel numéro pristes pour nous esbattre;
Ce quatuor dans vos vers accomply
Paroist si beau qu'il ne fait pas un ply;
Mais pardonnez si je dis qu'il me semble
Qu'en vous un vaut mieux que dix mille ensemble,
Et ne croy pas qu'il se trouve *Nissun*
Qui n'ait estime et de l'amour pour l'un.
Des numéros jadis il fut l'unique,
Mais tant l'aima la dame Arithmétique
Que ce bel un elle multiplia
En millions ou *multa millia;*
Bien entendu qu'en solennelle feste
Il marcheroit premier, seul, à la teste,
Et vous voyez encores aujourd'huy
Selon leur rang les autres après luy.
Aussy fust-il dans cet honneur extresme
Digne tout seul du faix du diadesme,
Et tout l'Estat seroit en désarroy,
Près de périr, si un n'estoit pas Roy !
Bien qu'aujourd'huy madame Epiphanie
En fasse trois, c'est par cérémonie,
Qui, retranchés de ce nombre importun,
Ne furent rien quand ils en virent un
Qui, lors qu'il fist cette machine ronde,
Ou pour mieux dire alors qu'il fist le monde,

Qui, estant fait, luy parust bon et beau,
Pour l'esclairer ne luy fit qu'un flambeau !
Le plus parfait oyseau de la nature,
Le beau Phœnix qui dans sa sépulture
A ce qu'on dit, voit naistre son berceau
Et de Phœnix se refait Phœniceau,
Que je pourrois bien nommer Phœnicelle,
Car on ne sçait s'il est masle ou femelle,
Si Pline au moins ne nous a point menti,
Est fils unique et mesme bon parti.
Nature aussy ne voulust estre avare
Qu'en cela seul qui est parfait et rare,
L'estre imparfait ne vient qu'à millions
Des excréments de ses productions :
Rats, Moucherons, Puces, Crapauds, Grenouilles,
Les animaux, ceux qu'on appelle Andouilles,
Punaises, Poux, Lézards, et Scorpions,
Oyseaux du Nil qu'on nomme Morpions,
Sont les seuls biens dont cette dame riche
Ne fust jamais et ne peut estre chiche !
Mais quand il faut produire le Phœnix,
Un nez pareil au nez de Monsieur Nix,
Elle en donne un, puis elle se repose.
Laissons Nature, et parlons d'autre chose :
Vous qui sçavez, dame, que le bon Dieu
Ne fist jamais qu'une seule Clérieu
Qui, ne souffrant qu'un cul dans sa chemise,
Selon mon sens, ce discours authorise :
Pouvez-vous bien estre d'un autre advis,
Et vous gaber[1] par burlesque devis?
De quatre Hélas, il ne doit son estime
A mon égard qu'à vostre aimable rime,
Mais vous l'avez si hautement prisé
Qu'il peut passer pour nombre authorisé,
Et mes Livrets doivent tout à ce nombre;
Ils sont entrés près de vous à son ombre;
Un seul pourtant a fait mille jaloux
Dedans vos mains par l'honneur d'estre à vous.

---

1. Vieux mot : se moquer, railler

MADAME DE LA BAUME CHASTEAUDOUBLE

Pernette Scarron, femme de Pierre de La Baume, seigneur de La Rochette, Panaray et Chasteaudouble, conseiller au Parlement de Grenoble en 1630 sur la requeste de son père, et conseiller d'Etat en 1653. Pierre de La Baume était le second fils de Jean Pierre de La Baume et de Catherine de La Croix, fille de Jean de La Croix qui fut plus tard évêque de Grenoble.

Pernette, cousine du poète Scarron, fille de François Scarron, sieur de Privas, receveur général des Finances à Lyon, qui avait épousé Catherine Lempereur, eut pour frères : Jean Scarron, chanoine de Chamarier de l'Isle Barbe, et Antoine Scarron, seigneur de Privas.

Le Ms. de Chaulne contient la lettre suivante adressée à madame de La Baume Chasteaudouble.

A MADAME DE LA BAUME CHASTEAUDOUBLE

RESPONSE.

Je, des Barbons le plus caduc,
Dont le dos se courbe en diphtongue,
Dont la passion est plus longue
Que celle de monsieur Saint-Luc;

Qu'on vient de charger de respondre
Aux lettres que vous avez fait,
J'ayme mieux m'aller faire tondre
Que d'entreprendre tel prix fait.

Me tondre seroit difficile,
Car dès l'an six cens dix et neuf
Poison de vérole subtile
Me rendist plus chauve qu'un œuf.

Depuis ce temps ma noire nuque,
Qu'un mal si violent troubla
Ou s'affubla d'une Perruque,
Ou de Perruque s'affubla.

Mais la fausse plaisanterie,
Et que j'ay l'esprit de travers!
Je parle de ma chauverie
Au lieu de respondre à vos vers.

Par mon âme, dame Pernette
Plus belle cent fois que le jour,
Et de qui l'endroit que l'on tette
Feroit un amoureux tambour;

Si vous en vouliez la baguette,
Je fais serment par vos beaux yeux,
Qu'on verroit Claude sans trompette
Desloger bientost de ces lieux.

Mais hélas! je n'ose prétendre
A vous servir de la façon,
Et d'ailleurs j'ay beaucoup de tendre,
Et dans l'âme et dans le calçon.

Que si ce mot vous scandalise,
Du moins ne le tesmoignez pas,
En faveur de ma barbe grise
Qui pour vous a fait tant de pas.

Dans ce souvenir qui me trouble,
Et qui me suit incessamment,
Je me deffends de Chasteaudouble,
Mais c'est un peu bien faiblement.

Je songe en faisant cette lettre
A vos bons vins, à vos melons,
Et je voudrois me pouvoir mettre
Ce qu'avoit Mercure aux talons.

Le cheval du brave Persée,
Celuy du gentil Paccolet,
Vont en prose dans ma pensée
Plus viste qu'un Esprit folet.

Et bien que je ne sois pas digne,
Je puis le dire sans mentir,
Vos perdreaux m'ont déjà fait signe
De déloger et de partir.

Je pars, ils ont trop bonne grâce,
Le bon Dieu les puisse bénir,
Les charmes de la belle race
Ne sçauroient plus me retenir.

Icy tout ce qu'on me propose
Ne satisfait point mon désir,
Et mon cœur ne veut qu'une chose
Mourir auprès de vous de joye et de plaisir.

Vos yeux, ces fameux conquérants
Dont les Amours ont fait leurs trosnes,
Ne voyent point de soupirants
Qui soient plus à vous que Chaulnes.

MADAME POTEL

Madame Potel doit être la femme de Sébastien Potel, frère de Potel, sieur du Parquet, dit Potel Romain. Tous deux étaient fils de Jean Potel, secrétaire ou greffier du Conseil.

Madame Sébastien Potel mourut vers 1652, dit Paulin Paris, au moment de la vogue du *Ballet des Romans* qui a été imprimé avec une curieuse relation adressée à Scarron de la façon dont il fut plusieurs fois demandé et joué devant le Roi au Louvre, chez Monsieur au Luxembourg, chez la duchesse de Chevreuse à la place Royale et chez madame de Launay-Gravé. Potel, le frère aîné de du Parquet, devoit y jouer, mais ne put le faire, dit Loret, à cause du malheur qui venoit de lui arriver :

On conduisit nostre équipage....
Dix carrosses et davantage,
Pour tous les danseurs du balet
Dont le nombre n'estoit complet,
Car la mort qui ne fut onc bonne,
Et qui jà n'espargne personne,
Par un rhumatisme tel quel
Enleva Madame Potel,
Qui gist sous marbre, plomb ou bronze.
Sans cette mort ils étaient onze :
Car Monsieur son filz y manquoit,
Non pas le seigneur du Parquet,
Mais celuy que partout on nomme
L'aisné Potel, ce galant homme,
Qui croyoit danser en effet :
Car despense grande avoit fait
Pour paroistre dans cette danse...
Car il dansoit dans ces romans
Un des Aymons, *un des amans...*

Le Ms. de Chaulne contient deux lettres adressées à madame Potel :

A MADAME POTEL

Trop belle et charmante Catin,
Plus belle mille fois que celle

Dont les songes chaque matin
Font la peinture en ma ruelle.

Loing de vous j'ay le groin plus blesme,
Que celuy qui premier osa
Chanter sur le ton du caresme
Stabat mater dolorosa.

Vostre incomparable Potel,
Ne pouvant souffrir son veufvage,
M'a fait coucher dessus l'autel
Où mourut vostre pucelage !

Je l'y cherchay, je vous l'avoue,
Amour, tapy soubs le rideau,
Riait, ou me faisoit la mouë,
Et le couvroit de son bandeau.

Moy, pauvre niais, que ce lutin
A fait l'objet de sa malice,
Je m'en allay dès le matin
De crainte d'un nouveau supplice.

Depuis, il m'a rendu visite,
Et soubs un minois contrefait,
Par une douleur hypocrite
M'a dit l'affront qu'il m'avoit fait.

Je luy juray par ces beaux yeux
Dont de Sève[1] a fait la peinture,
Que si j'avois même adventure,
Malgré ces soins jaloux, j'en userois bien mieux.

Le drôle qui fait ses plaisirs
Des obstacles qu'ont mes désirs,
Sans vouloir avec moy raisonner davantage,
Me jura son âme et sa foy,
Que vous aviez un nouveau Pucelage,
Mais qu'il ne seroit point pour moy !

Je fus sensible à cette injure,
J'en perdis le pouls et la voix,
Le respect estouffa les désirs que j'avois
De vous solliciter de le rendre parjure.

1. Le peintre Gilbert de Sève ; ce portrait de madame Potel ne paraît pas avoir été gravé.

Voyez en quel estat mon âme pouvoit estre,
Jugez de l'excez de mes maux,
L'amour et le respect y paroissoient esgaux,
Et chacun d'eux pour vous vouloit régner en maistre.

L'un m'ordonne que je souspire
L'autre me le deffend, et ce commandement
Me gesne si cruellement
Qu'à peine ay-je peu vous le dire.

Tous deux me parlent de vos loix
Et je ne sçay quel party je dois suivre ;
Si vous n'en faites pas le choix
Ordonnez-moy de ne plus vivre.

Que si tout ce discours vous a mis en colère
Et que vous m'en donniez le tort,
Sçachez Catin qu'après ma mort,
Je seray forcé de me taire,
De la cruauté de mon sort.

A MADAME POTEL. RESPONSE

Belle Catin, des Catins la merveille,
De qui la bouche est riante et vermeille,
Et dont les yeux plus brillants qu'un beau jour
M'ont tant de fois fait redouter l'Amour,
Ne croyez pas que par ce mot je boute,
Ou mette Amour dedans une redoute.
Jà n'est mestier de le fortifier.
Dans vos beaux yeux, il est fort, il est fier.
Pour se parer des coups de la Fortune
De bastions, remparts ou demy-lune
Peu luy chaudroit, et selon mon advis
L'ingénieur feroit autre devis :
Il ne voudroit que quelque ouvrage à corne ;
Mais le respect est une estrange borne,
Et l'amitié qu'on doit au cher Potel,
Ni vous, Catin, ne voulez rien de tel !
Pour mon bonheur c'est assez que je voie
Un souvenir qui fait toute ma joie.
C'est trop pour moy de la belle moitié
De vous servir du terme d'amitié,
Ainsy qu'appert par là vostre Missive
En doux propos, en bonté excessive,
J'en ay compté pour le moins cinq ou six
Dont je vous dis autant de grands mercis

Que dans les Cieux on voit briller d'estoiles,
Que sur les mers on voit blanchir de voiles,
Autant qu'on voit de feuilles dans nos bois,
Plus que le lait ne fait couler de pois;
Car pois en pot dessoubs les cheminées
Roulent nombreux auprès des eschinées;
Plus que Rozier[1], par la grâce de Dieu,
Grand chansonnier, et seigneur de Beaulieu,
N'a fait noter dedans ses chansonnettes
De mots nouveaux, quolibets et sornettes;
Plus qu'il ne sort de latin et de grec
De Marcassus[2] dont la musique a bec;
Plus qu'il ne rend de visites au signe
Nommé *Mouton*[3], son cabaret insigne;
Bref plus encor que nostre cher Bastien[4],
Appréhendant messe de *Requiem*,
N'a souspiré par l'éclipse fatale
De la boisson dont il est le Tantale!
Quelle bonté dont m'a peu retenir
Chère Catin, dans vostre souvenir;
Quel sentiment y conserve une loge
Au malheureux et chétif allobroge;
Le sentiment est vrayment généreux,
Puisqu'il est vray que je suis malheureux,
Digne de vous, sur qui lointaine absence,
Qui me forçoit à garder le silence,
N'a jamais fait aucune impression
Au détriment de mon affection.
Ah! que souvent les yeux de ma pensée
Ont veu souvent ma peinture effacée,
Et, sans mentir, je l'ay justement craint,
Je n'y estois que légèrement peint,
Et je craignois mesme que la desbauche
Seule en eust fait en destrempe l'esbauche;
Mais je voy bien maintenant que ma peur
N'estoit qu'un songe, qu'une noire vapeur,
Dont ma raison, de soucis accablée,
Avoit la veuë ou trop faible ou troublée.

1. Ce musicien a publié plusieurs recueils de chansons sous le titre : *Les Libertés de André de Rosiers, sieur de Beaulieu* (1634-1638 et 1651-1654). Un amphigouri : *Le Galimatias du sieur Deroziers-Beaulieu, tragi-comédie* (en 5 actes, et en vers). Paris, Toussainct Quinet, 1639, ne doit pas être d'André de Rosiers.

2. Pierre de Marcassus, poète, romancier et traducteur, né en 1584 à Gimont, petite ville de Gascogne, régent de collège, professeur, historiographe. Il mourut en 1664.

3. Le cabaret du « Mouton ». Il y avait, à cette époque, deux cabarets du « Mouton » : le premier était situé près du cimetière Saint-Jean; l'autre dans l'Ile du Palais. Voir les *Œuvres libertines de Claude Le Petit*, pp., 223, 226 et 227.

4. Nous ignorons qui est ce Bastien.

Grâces au Ciel il en est autrement :
Vous m'escrivez que l'illustre Clément[1],
Que la charmante et douce Philomèle
Sainte Chouart[2], mais moins sainte que belle,
Daignoient pour moy chanter auprès de vous :
« Où estes-vous? Allez mon amy doux, »
Et je responds sans leur conter fleurettes,
« Où estes-vous? mes belles amourettes, »
Que Dieu les garde de tout mal encombrier
De nul engin et de mauvais destrier;
Que leurs amants soient de la vieille roche
Et chevaliers sans peur et sans reproche;
Que leurs beaux yeux soient toujours conquérants,
Mais qu'ils soient Rois et ne soient pas Tyrans!
Ce n'est pas tout, vostre cochon m'invite,
Et sans esgard à mon peu de mérite,
A visiter son alcove, salé,
Et luy dedans proprement embalé.
Je le veux bien, mais avant qu'il m'advienne
Je veux savoir s'il a fait fin chrestienne,
S'il a promis, avec un sens rassis,
D'estre l'horreur des Peuples circoncis,
Car autrement ma douce et chère amie
Vostre cochon ne me grondera mie,
C'est son langage et le mien aujourd'huy
Est que je suis à vous bien plus qu'à lui.

Il serait bien, ce me semble, d'ajouster un peu de prose à de meschants vers et finir le burlesque par le sérieux, en vous rendant, Madame, un million de grâces de votre obligeante lettre, mais comme ce style n'est peut-estre pas de vostre goust, que le mien n'est que de vous plaire, que vos plaisirs sont d'une autre nature, que vostre nature est moins accessible que l'Isle d'Alcidiane, qu'Alcidiane[3] étoit moins aymable et moins charmante que vous, je suis, Madame, vostre très humble....

---

1. Nous n'avons pas rencontré de renseignements sur ce chanteur.

2. Etait-ce une chanteuse du temps? Nous ne croyons pas qu'il s'agisse de la femme de François Choart, trésorier et receveur général des Ponts-et-Chaussées de France, cousin germain maternel de Lignières qui passait pour être tout à fait « déniaisée », en un mot : une libre penseuse.

3. Allusion au roman de Marin Le Roy de Gomberville : *La jeune Alcidiane. Paris, Courbé*, 1651, in-8.

MADAME DE REVEL

Jeanne Angélique, fille de Félix de La Croix de Chevrières et de Claudine de Chissé, la deuxième de neuf enfants, était née à Grenoble le 19 février 1613. Elle avait épousé, le 23 juillet 1626, Félicien III de Boffin, seigneur de Revel, conseiller du roi et son premier avocat général au parlement de Dauphiné, dont elle devint veuve en 1643.

De ses deux frères, l'un Octavien mourut vers 1640, l'autre Jean II, dit le président de Chevrières, eut deux filles qui entrèrent en religion; un de ses fils fut évêque de Québec. L'aînée de ses sœurs, Catherine, épousa Annet de La Baume de Suze, comte de Rochefort; les autres se firent religieuses.

Madame de Revel eut de Félicien III de Boffin un fils et plusieurs filles qui entrèrent au couvent.

Veuve jeune encore (elle avait à peine trente ans), alliée aux plus grandes familles de Dauphiné, nièce de l'évêque de Grenoble Jean de La Croix[1], et recherchée par les membres les plus distingués de la noblesse et du clergé, madame de Revel, aimable, spirituelle, eut de nombreux admirateurs et adorateurs. Nous citerons, entre autres, Scarron qui lui a dédié une épître, Le Pays, Arnauld le carabin, Etienne Roux de Grenoble, Claude de Chaulne, etc.... Amie des Muses, rimant avec facilité, elle rivalisait, le cas échéant, de gauloiserie avec ses correspondants, ce qui ne l'empêchait pas de s'intéresser aux œuvres pieuses : Dès 1648 elle fondait dans la rue Saint-Jacques, à Grenoble, la Maison de la Propagation de la Foi, dont elle s'occupa toute sa vie avec le plus grand zèle. Plus tard elle eut, dit Guy Allard, un soin particulier de l'éducation et de la conduite des protestants nouveaux convertis. Le contraste entre sa vie mondaine et son attitude religieuse dans la seconde moitié de son existence a été chansonnée par Etienne Roux :

Qu'est devenu cet agréable temps
Où l'on voyoit La Chevrière
Gagner des cœurs et faire plus d'amants
Que feu la belle race entière.
L'on ne la voit qu'au pied de nos autels,
Et ses yeux, la source des flammes,
N'allument plus que des feux immortels
Et n'en veulent qu'aux belles âmes.

1. Jean de La Croix, évêque de Grenoble, mort à Paris le 8 mars 1619.

Madame de Revel s'est portraiturée elle-même dans sa lettre à Pierre Arnauld[1], maître de camp général des Carabins, gouverneur de Dijon, qui mourut en octobre 1661 :

Démon qui viens pour me tenter
Contre qui je veux contester
Mais que je ne veux rebuter;

Dis-moy qui te donne l'envie,
Ou plustost cette maladie
De savoir l'estat de ma vie?

Bien, puisque tu le veux savoir,
Je vays donc faire mon devoir,
Et trois mots te le feront voir :

Mon nom, dans le Martyrologe,
Est une chétive allobroge
Et ce nom comprend mon éloge[2].

L'on me donne dedans Paris
Six humeurs ou bien six esprits :
L'on s'est de la moitié mépris.

J'en ay trois : l'une est sérieuse
L'autre est très badine et rieuse,
Et l'autre est souvent rimailleuse.

A ces esprits un corps est joint
Que vostre moule de pourpoint
S'il l'avoit vu, n'en voudroit point.

Vostre signorie me pardonne,
Car ce n'est pas que j'abandonne
Ainsi ma chétive personne.

Mais j'estime la vanité
De bien dire la vérité
Plus que de prétendre en beauté.

C'est tout ce que je puis vous dire
Sur mon sujet et vous écrire
Pour ma gloire ou pour ma satyre[3]...

1. Voici ce que dit Loret, dans sa *Gazette* du 21 octobre 1651 :

Arnaud est mort, ce cavalier
Qui fut jadis poëte et guerrier :
Et les Déesses du Parnasse
Pour pleurer de ceste disgrâce
N'eurent aucun besoin d'ognons
Car c'estoit un de leurs mignons.

2. Jeanne.
3. Voici le premier vers de cette pièce : *Ange, homme ou plustost lutin.*

Il reste peu de chose des rimes de madame de Revel (en dehors du Ms. de Claude de Chaulne).

1° Rec. Conrart. T. IX in-4. Responce à la lettre précédente (Vers de Mr Arnaud à madame de Revel : *Divine Revel dont j'admire*) par madame de Revel avant qu'elle sceust que Mr Arnaud l'eust faite : *Ange, homme ou plustost lutin.*

Id. Autre responce de la mesme dame, après avoir veu Mr Arnaud, sans se faire connoistre à luy, et après avoir sceu qu'il avoit fait la lettre à laquelle la précédente sert de responce : *Ce n'est point dans un lieu si sombre.*

Id. A madame la duchesse de Lesdiguières pour luy demander son portrait : *Dame de qui la Majesté.*

Id. T. XIX, in-4. Responce de madame de Revel (aux vers de M. Conrart reçus le lendemain d'une visite qu'elle luy avoit faite, pendant qu'il estoit malade : *Bien qu'en tous lieux on vous admire*) : *Par un sentiment d'amitié.*

2° Rec. Sercy, IIIe p., 1653. Sonnet en bouts rimés : *C'est en vain, ma vertu qu'ainsi tu me...., chicanes.*

Id. Apostrophe à l'eau, la rivière débordée de Grenoble : *Quel spectacle s'offre à mes yeux.*

Le Ms. de Chaulne contient une lettre de madame de Revel et cinq réponses de Claude :

A madame de Revel : *Charmante Revel dont la lyre.*

Id. : **Vif esguillon de mon peu de soucy.*

Id. à Paris et resp. à une de ses lettres en vers : **Je ne cuidois qu'onc eust esté possible,*

De madame de Revel : **Original de bonne grâce.*

A madame de Revel : **Ce terme est long de six semaines.*

A MADAME DE REVEL

Vif esguillon de mon peu de soucy,
Mieux me vaudroit estre deffunt, que sy
Je n'estois plus dans vostre souvenance;
Ma passion en perdroit contenance,
Bien qu'elle eût fait à ce changement d'an
L'Olibrius et le Vespasian.
Loin de vos yeux pourtant peine excessive
Force les miens à piteuse lessive;
Si que je voy sur mon vidé museau
Divers canaux qui n'ont plus besoin d'eau.
Un éloquent auroit mis dans ses carmes,
Que de ses yeux issent torrent de larmes,
Ou chanteroit sur un ton plus nouveau
Que, loing de vous, il pleure comme un veau,
Ou comme deux, comme trois, comme quatre,
Sans en vouloir ny pouvoir rien rabattre.
Mais n'estant pas assez authorisé
Si vous avois amphiboligisé,

Vous traiteriez mon âme d'inconnue,
Bien que jamais ne l'ayez veue que nüe,
Et que verriez tout nud le corps aussy
S'il vous plaisoit de l'agréer ainsy :
Or, en ce cas, estes peu prude Dame
De séparer ainsi le corps de l'âme,
Et les vouloir traiter différemment
C'est en user un peu sévèrement :
Des empereurs me paroist que Commode
Estoit plus doux et plus propre à la mode,
Et que Sévère estoit plus importun,
Que celuy-cy faisoit peur à chacun.
Vous qui du sexe estes digne empérière
A ses rigueurs ne soyez coustumière ;
Pour vostre empire il sera beaucoup mieux
Qu'ayez l'esprit aussy doux que les yeux,
Mais leurs douceurs, par d'autres possédées,
Forcent les miens à de tristes ondées ;
La gaieté ne peut les retenir
Dans ce pressant et fascheux souvenir.
Vostre procès, et Monsieur de la Palme
De mon esprit bertaudent[1] tout le calme,
Et je crains bien pour ma peine et vos frais
Que ce palmier ne se change en cyprès.
Je sens desjà combien il m'est funeste,
Et dans mes maux, cet espoir seul me reste
Que nous verrons bientost ce beau marmot
Estre réduit à n'oser dire mot :
Cessez pour luy d'estre bonne et divine,
S'il est palmier devenez son espine,
Soyez sa ronce et percez jusqu'aux os
Cet abrisseau qui destruit mon repos.
Non occides, dit Dame conscience,
Et puis Paris est lieu de patience
Où des longueurs que rencontre un procès
L'on se résould de bon cœur au succès.

1. Allusion à un chanteur de la Chapelle de la Musique du Roi, nommé Bertaud ou Berthod et qu'on appelait l'*Incommodé* parce qu'il aurait été châtré. Loret en parle dans sa gazette de mai 1658 à propos d'un service en musique chanté par Molinier en mémoire de son père :

Cette perle de nos amis,
Monsieur Berthod, doit estre mis
Au rang des susdites femelles ;
Car, chantant doux et clair comme elles,
Certainement tout auditeur
Pense et croit de belle hauteur,
Entendant sa voix éclatante
Que c'est une vierge qui chante.

Mais de bon cœur ne puis plus vous attendre,
Tant j'ay le cœur plein de douleur et tendre,
Je dis bien plus, sans estre un brin mocqueur,
Que suis ailleurs bien plus tendre qu'au cœur.
Qui l'auroit cru qu'en ce temps de régence
De duretés l'on souffrît indigence ?
Que si parfois l'on est en dureté
Que ce ne soit qu'excès de pauvreté.
Dans vostre lettre, elle est si cointe et belle,
Que treuve laide abondance auprès d'elle.
Bien qu'Abondance ait le front couronné
Ou, pour le moins, le front de corne orné,
Mespris me suis d'en parler de la sorte :
Cornes en main dame Abondance porte,
Et Cupidon, des Dieux le plus humain,
Les met au front et les prend de sa main.
Ainsi l'on voit qu'il est peu d'amants chiches,
Peu de cornus qui ne soient hommes riches,
Et nous n'avons dans la nécessité
Plus prompt secours que cornéicité.
Le seul croissant que monsieur le Turc porte
Fait tout l'esclat des grandeurs de la Porte;
Dame Phœbé, la déesse des bois,
D'argent cornu se pare tous les mois
Et néantmoins on ne parle point d'elle;
Ainsi que vous elle est chaste, elle est belle,
Et ne croy pas qu'il soit des médisants
Qui jusqu'à elle osent porter les dents.
Devriez avoir grand regret, ce me semble,
A cette nuict où nos deux culs ensemble
Dans de beaux draps de toile de fin lin
Pouvoient fester monsieur Saint-Marcelin.
Le mien dès lors vit bien que vostre teste
En cas pareil estoit un trouble-feste;
Elle avoit beau tourmenter et pester
Vostre fessier se fut laissé tenter!
Je ne sçaurois oublier son silence,
Mais vostre teste eust trop de violence,
Les vrais Amours ne marchent que la nuict
Pour éviter le désordre et le bruit;
Aussy le mien, prévoyant sa deffaite,
Prist la sourdine et sonna la retraite,
Et sans espoir de succès du combat,
Me rembuscha dans mon chétif grabat.
En vain *illec* je mis ses mains aux armes,
Le pauvre enfant n'eust recours que des larmes,
Et je me vis si confus, si honteus,
Que je ne croy qu'oncques fust si piteus;

Or piteus cas dans cette doléance
Me semble avoir besoin de remembrance,
Et chaque fois Dame que vous verray
Certainement je me remembreray;
Mais las! ce temps, et qu'il ne vous déplaise,
Loin de voler a l'aile bien mauvaise,
Vous le tenez, vous arrestez son cours,
J'arreste aussi celuy de ce discours.
Vous jugerez bien mieux par mon silence
De mes ennuis et de leur violence,
Et puis les morts parlent très rarement,
Et je suis mort par vostre esloignement;
Dur à souffrir sa dureté me presse,
Et qui pourtant fait toute ma tendresse,
Dont me paroist que la cause et l'effet
N'ont pas le groin bien semblable en ce fait.
Ne mettez plus Dame, je vous en prie,
Pareil désordre en ma philosophie;
Revenez tost, c'est tout ce que je veux,
Et redonnez Angélique à mes vœux!

LETTRE DE MADAME DE REVEL

Original de bonne grâce,
Génie de la belle race,
De qui l'esprit est plus poli
Que si, avec du tripoli,
On l'auroit frotté une année,
Puisque la fière destinée
M'a esloigné d'auprès de vous,
Et que le Ciel paroît jaloux
De cet entretien délectable
Que nous avions souvent à table,
Et parfois mesme dans le lict
Sans aucun crime ny délit :
Tesmoin fut ceste nuit plaisante
Ou vostre Seigneurie errante,
Au logis de Saint-Marcelin
Pensa, tentée par le Malin,
Me faire recevoir un blasme,
Me prenant lors pour vostre femme,
Vous servant de l'obscurité
Pour vous glisser à mon costé.
Mais, passe, je vous le pardonne
Et la pièce fut assez bonne;
Plust à Dieu y feussé-je encor,
Je dis dans ce lieu là, or

Du grand péril où vous me mistes,
Quand mon lit d'homme vous garnistes;
Garniture qu'il ne faut pas
A femme à qui le sieur Trépas
A osté ce meuble mobile
Qui s'en sert au champ, à la ville!
Mais quittons ce discours plaisant
Pour vous souhaiter le bon an,
Et vous demander mon Estreine
Qui sera, que la tasse pleine
Vous vouliez boire quelquefois
Pour Angélique de La Croix!
Elle voudroit à la pareille
De croistre pour vous la bouteille;
Mais sçachez que femme ne doit
Boire de vin plus haut d'un doigt,
Que nos grand'pères, nos grand'mères
Prescrivirent ces loix sévères,
Et que le sexe masculin
A conservé pour soy le vin,
Ne nous donnant pour tout partage
Que le pouvoir de cocuage;
Vous protestant, en cet endroit,
Que peu se servent de ce droit,
Et je n'ay jamais veu de femme
Qui n'en ait juré sur son âme!
Il ne faut pas les condamner,
Quoi! se voudroient-elles damner
De se parjurer de la sorte?
Car pour le reste, peu n'importe;
Mais il n'importe peu aussy
De ce que je débatz icy,
Car vous sçavez que pauvre veufve
A ce privilège a fait treuve;
Je le devrois bien faire aussy
A ce présent discours icy,
Puisque mes rimes, mes pensées,
Sont plates et fort émoussées.
Il est vray qu'en cette saison
Trésors ne donnent à foison,
Que mesme au Parnasse on est chiche
De ce pitoiable acrostiche
D'où le pauvre poète crotté[1]
Soulageoit sa nécessité.
Jugez, après cette misère,
Si j'ay de quoy vous satisfaire

1. Allusion à la satire « Le Poète crotté » de Saint-Amant qui vise le poète Maillet.

En vers héroïque et pompeux.
Certes, mon esprit est honteux
De sentir pareille indigence,
Mais c'est ores la mode en France
De faire veoir sa pauvreté,
Dont mesme Dame Royauté
Sent parfois les rudes atteintes.
Bref partout l'on n'entend que plaintes
De la Déité des haillons :
Là, elle amaigrit les bouillons;
Icy, elle trouble les festes;
Là, elle empesche les conquestes.
Enfin dans ce vaste Univers
Soit sur la terre ou sur les mers
Chacun se plaint de son Empire :
Il n'est mortel qui n'en soupire.
Nous suivons, malgré nous, ses loix.
Mais c'est assez pour cette fois
Pour la cervelle d'Angélique,
Et voilà trop de politique!

A MADAME DE REVEL, A PARIS

Response à une de ses lettres en vers.

Je me cuidois qu'onc eust esté possible
D'engendrer vers à dame incorruptible,
Et pour qui vers auront certainement
Crainte et respect mesme au monument.
Bien me paroist difficile à comprendre
Comment a pu que veufve chaste engendre,
Qui, néantmoins, à tas et à monceaux
Enfante, engendre et vers et vermiceaux.
Ceux ont bien eu l'âme peu caute et fine
Qui nos dictons ont appelés vermine,
Et bien avoient cent engins de travers
Qui ont nommé chair corrompüe, vers;
Engin icy n'est pas mot équivoque,
Et ne croy pas qu'oncques engin vous choque,
Et trop avez bel engin et subtil
Pour en estre choquée. Ainsi soit-il.
Ouy, telles gens en sainte poésie
Sont infectés d'erreurs et d'hérésie.
Oncques ne vit de pauvre extravagant
Mériter mieux les soins d'un propagant.
Quoy! nommer vers le pus, la pourriture!
Eux qui font vivre après la sépulture,

Et qui ont fait élever tant d'autels
A cent héros qu'ils ont fait immortels!
Onc de tel cas n'auray l'âme noircie,
De vos dictons doncques vous remercie
Très humblement, et ne vois plus qu'après
Moy tel, jadis féru de vos attrais
Qui le serois encor, n'estoit que l'âge
Ne peut souffrir mon pauvre cœur en cage,
Dire : « Je meurs d'amour » à quelque sot,
La Mort viendroit qui me prendroit au mot.
De vieilles gens cette dame friande
A peine peut souffrir d'autre viande,
Et ne croy pas que jamais jouvenceau
A sa dent creuse ait paru bon morceau.
De jouvenceau la chair plus ferme et dure,
De coups de dents bien plus de nombre endure,
Où vieilles gens ont tout tendre et pliant
Au grand regret du pauvre suppliant;
Oui, suppliant, ce suis-je, et vous supplie,
Dame de corps et d'esprit accomplie,
Qu'en attendant le bien de vous revoir,
Vous vous veuilliez de moy ramentevoir.
De Cupido le brasier dans mon âme
Vivra pour vous dessous la froide lame,
Et dans mon sein vostre charmant portrait
Fait sa retraite et non pas son retrait.
Mais à propos de portrait, il me semble
Que m'en offrez un qui peu vous ressemble
Qui a de l'air d'Astrée, en vers d'Urfé,
Tant il est peu modernement coiffé.
Je tiens pourtant à grâce très insigne
Ce beau présent dont je ne suis pas digne,
Mais vous feriez possible moins de mal
De me donner le propre original.
Muse, tout beau, ou Muse toute belle,
Ne boute point tel cas dans ma cervelle
Qui n'en pourroit facilement issir,
Bien qu'hors d'espoir de pouvoir réussir,
Contente-toy que j'aye sa copie;
Sur ce sujet cause comme une pie,
Fais esclater à tort et à travers
Un grand mercy par cent sortes de vers;
Que, dans ce nombre, il en soit un qui pique
Les sentiments de la belle Angélique,
Et que son cœur s'impose cette loy
De n'avoir point plus de durtés que moy,
Mais en laissant, et le dur et la dure,
Parlons encore un peu de la peinture :

J'en fais le pied et vous dis grand mercy;
Mais il me semble et il vous semble aussy
Que j'en avois une saine et entière
D'une duchesse, en vertu singulière,
Qui toutefois les possède en plurier,
Et vous sçavez combien j'en étois fier!
Cette beauté que chacun idolastre,
Que certains vers nomment acariastre,
De ma peinture à un autre fit don.
Que le bon Dieu lui en fasse pardon,
Ou que plustost jamais ne luy pardonne
Jusques à quand qu'une autre elle m'en donne.
Si les Destins n'estoient mes ennemis
Ils luy diroient qu'elle me l'a promis,
Et que, suivant la coustume ancienne,
Qu'elle a promis, mais il faut qu'elle tienne!
Que si jamais je l'ay sur ma paroy
Je me croiray plus heureux que le Roy,
Mais ce bonheur dont je flatte ma peine
Marche à pas lents avec des pieds de laine.
J'ai mesme craint une fois, voire deux,
Que ce bonheur ne fut un peu goutteux;
Par Jupiter guérissez-le des gouttes
Et résolvez cet embarras de doutes,
Mais que ce soit à mon contentement
Gé ne puis plus espérer bainement[1],
Et mon désir, impatient d'attendre,
Dit à l'Espoir de s'aller faire pendre;
Mais mon espoir qui n'a pas tant de feu
Dit au Désir d'attendre encor un peu.
Pour modérer leur juste inquiétude,
Faites six vers avec un peu d'estude,
Et demandez cette grâce pour moy.
Je prévoy bien que me direz pourquoy
Je ne fais pas moy-mesme ma prière,
C'est que ma Muse est dessous la litière,
Qu'elle n'a plus de corde à son rebec,
Qu'elle a perdu le caquet et le bec,
Et désormais elle ne se propose
Que le *tacet* pour les vers et la prose,
Loutemps ly dare neiant que non sias,
Ansin commele au pais d'Adjousias[2].
Cet Adjousias finiroit bien ma lettre
Mais j'ay encor quelque chose à y mettre :

1. En gascon (note du Ms.).
2. En provençal (note du Ms.).

Pour une sœur[1] qui vaut plus qu'un trésor,
Fût-il d'acier, d'argent ou de fin or.
Si cette sœur à métal je compare
C'est que métal est chez moy chose rare,
Et je connois cette Dame au corps gent
Comme la Lune avec un front d'argent.
Son cœur d'acier que rien ne peut abattre
Dont la durté, des galands dix et quatre
Mit au cercueil, hélas!, j'en tremble encor,
Et ses vertus ressemblent au fin or,
Tant sa vertu est éclatante et fine,
Faites donc veoir à cette Catherine
Qui en signant adjouste de la Croix,
Que je l'honore au moins autant que trois,
Je dirois bien quatorze, quinze ou seize;
Mais un beau trois, et qu'il ne leur déplaise,
Est plus parfait, et sans estre bravé
D'un autre nombre a le hault du pavé.
L'un et le deux ont bien la préséance
Mais comme huissiers, ainsy, comme je pense,
Ces deux messieurs furent faits tout exprès
Car autrement ils marcheroient après.
Si dessus trois quelque nombre se vante,
Certainement ce n'est qu'en fonds de rente;
Mais tout cela ne vault pas le parler
Et nostre trois ne s'en peut ravaler.
Les niais pourtant croient en cette ville
Vingt mille francs valoir plus que trois mille;
Or sur ce nombre un adieu je vous dis
Mille fois trois et trois mille fois dis.

A MADAME DE REVEL

Ce terme est long de six semaines,
Et, dans les calendes romaines,
Autre terme auriez trouvé, si
L'eussiez voulu plus raccourci!
Pourveu que vous teniez parole
Ce vieux pendart de temps qui vole
Malgré mes dents trop vistement
S'écoulera joyeusement;
Que si quelque lutin vous tente,
De me priver de mon attente,

1. Madame la comtesse de Rochefort (note du Ms.): Catherine de La Croix de Chevrières, fille de Félix de La Croix et de Claude de Chissé avait épousé Annet de la Baume de Suze, comte de Rochefort.

Que Belzébuth dans les Enfers,
L'accable soubs de nouveaux fers,
Et que cent diablesses de filles,
Luy bertaudent[1] les triquebilles!
Car Diables triquebilles ont,
Tesmoin les cornes qu'ont au front,
Ceux qui là-bas souffrent la rage,
Du supplice du mariage :
Ce supplice est, en ces bas lieux,
Ce qui fait le plaisir des Dieux!
Ainsi les bonnes mesnagères,
Les tripières, les harengères,
Maudissent en communs devis
Leurs pauvres diables de maris!
De ce cas, ores ne se treuve,
Une plus authentique preuve,
Et puis, je sçay que sçavez tout.
Revenez donc, Madame, au bout
De ces six semaines promises,
Montrer ce cul que vos chemises
Nous ont assez longtemps caché.
Le Diable au mien eust-il craché
Et que jà, dans La Buisserate,
M'eussiez espanoui la rate,
Avec un baiser savoureux,
Un baiser, j'en prendray bien deux
Si vostre bouche ne recule,
Ce qui seroit très ridicule,
Car oncque bouche ne recula!
Je suis, Madame, *in sæcula*,
Vous le verrez à l'autre page,
Un peu trop grand pour vostre page,
Mais vostre Suisse ou qui va là,
In sæculorum sæcula,
Si toutefois Suisses pour chausse,
Dont quelquefois Dame se gausse;
Je seray donc *in sæcula*
Vostre très humble Quinola[2]!
Si lors Niert a de l'envie
Pour ce doux moment de ma vie
Qu'il chante *Ut re mi fa sol la*
In sæculorum sæcula.
Hélas! la Cour me le dérobe,
Maudite soit la garde-robe[3],

1. Voir p. 86, note 1.
2. Nom du valet de cœur au jeu de reversi, au figuré valet de chambre.
3. De Niert était valet de chambre du roi. Voir sa notice p. 31.

Diable soit qui l'a bouté-là,
In sæculorum sæcula.
Revenons à vostre personne
Dieu la conserve et me la donne,
Tant que cecy que pour cela
In sæculorum sæcula.

TABLE DES LETTRES LIBERTINES EN VERS DE CLAUDE DE CHAULNE ET DE SES AMIS

classées dans l'ordre alphabétique du premier vers.

TABLE DES PRINCIPAUX NOMS CITÉS

Les noms commençant par D', Du, L', La ou Le, sont classés auxdites lettres. Les chiffres ayant un astérisque indiquent que le nom est répété dans la même page.

N

O

P

Q

R

S

TABLE GÉNÉRALE DES MATIÈRES

Les Lettres libertines en vers de Claude de Chaulne, président du Bureau des Finances de Dauphiné (1644-1659).

AUTRES OUVRAGES DU MÊME AUTEUR

Bibliographie des recueils collectifs de poésies du XVIe siècle, du *Jardin de plaisance*, 1502, aux *Recueils de Toussaint de Bray*, 1609, donnant : 1° La description et le contenu des recueils; 2° Une table générale des pièces anonymes ou signées d'initiales (titre et premier vers) avec l'indication des auteurs pour celles qui ont pu être attribuées. Paris, 1922. In-4 de XIII et 613 pp. chiffr. Tiré à 350 exempl.
Prix Brunet (Académie des Inscriptions et Belles-Lettres, 1924).

Bibliographie des recueils collectifs de poésies publiés de 1597 à 1700 donnant : — 1° La description et le contenu des recueils; — 2° Le premier vers des pièces de chaque auteur précédées d'une notice bio-bibliographique; — 3° Une table générale des pièces anonymes avec l'indication des noms des auteurs de celles qui ont pu être attribuées; — 4° La reproduction des pièces qui n'ont pas été relevées par les derniers éditeurs des poètes figurant dans les recueils collectifs; — 5° Une table des noms cités, etc. Paris, 1901-1905, 4 vol. in-4 de LX et 2371 pp. Tiré à 350 exempl. numérotés.
Souscription du Ministère de l'Instruction publique. — Prix Brunet (Académie des Inscriptions et Belles-Lettres, 1906).

Robert Angot de l'Eperonnière. *Les Exercices de ce temps*, réimprimés sur l'édition in-quarto de 1631 revue et corrigée par l'auteur, et précédés d'une introduction par Frédéric Lachèvre. Paris, Librairie Hachette, 1924. In-8 de LV et 157 pp.
Société des Textes français modernes.

Le Livre d'Amour d'Estienne Durand pour Marie de Fourcy, marquise d'Effiat. *Méditations de E. D.*, réimprimées sur l'unique exemplaire connu, précédées de la vie du poète par Guillaume Colletet et d'une notice. Frontispice gravé par Manesse. Paris, 1907. In-8 de LVI et 273 pp. Tiré à 301 exempl. numérotés.

Poètes et Goinfres du XVIIe siècle. *La Chronique des Chapons et des Gélinottes du Mans*, d'Etienne Martin de Pinchesne, publiée sur le manuscrit original de la Bibliothèque nationale. Frontispice gravé par Manesse. Paris, 1907. In-8 de LXXXI et 259 pp. Tiré à 300 exempl. numérotés.

Le Livre d'Amour d'Hercule de Laeger. *Vers pour Iris* (Henriette de Coligny, comtesse de La Suze) publiés sur le manuscrit original inédit. Avec une notice. Paris, 1910. Portrait et fac-simile. In-12 de 142 pp.

Les *Satires de Boileau*, commentées par lui-même et publiées avec des notes. Reproduction du commentaire inédit de Pierre Le Verrier, enrichi des corrections autographes de Despréaux. Fac-simile, 1906. In-8 de xii et 163 pp. Tiré à 250 exempl. numérotés.

Voltaire mourant. Enquête faite en 1778 sur les circonstances de sa dernière maladie publiée sur le manuscrit inédit et annotée, suivie de : Le Catéchisme des Libertins du xviie siècle. *Les Quatrains du Déiste ou l'Anti-Bigot*; A propos d'une lettre inédite de l'abbé D'Olivet. Voltaire et Des Barreaux, etc. Portr. de Voltaire, Paris, 1908. In-8 de xxiii et 208 pp. Tiré à 501 exempl. numérotés.

Claude Le Petit et *La Muse de la Cour* (1er septembre-28 octobre 1657). Avec un historique des gazettes concurrentes des *Lettres en Vers* de Loret : *La Muse Héroï-Comique* (*1654-1655*); — *Les Muse Royale* (*1656-1660*) de Robinet de Saint-Jean. — *Les Epîtres en vers de Scarron et d'autres autheurs* (*1655*); — *La Muse de la Cour* (*1656-1658*). — *La Muse historique de la Gravette* (*1658-1659*); — et la bio-bibliographie de leurs rimeurs. In-8 de 104 pp. Tiré à 200 exempl.

P. Durand-Lapie et F. Lachèvre. Deux homonymes du xviie siècle : François Maynard, président d'Aurillac, et François Ménard, avocat au Parlement de Toulouse. Etude bio-bibliographique. Paris, 1899. In-8 de 136 pp.

M. Charles Drouhet et le problème des Deux Maynard. Le poème *Philandre*. Réponse. In-12 de 141 pp.

LA ROCHE-SUR-YON. — IMPRIMERIE CENTRALE DE L'OUEST

LA ROCHE-SUR-YON
(VENDÉE)
IMPRIMERIE CENTRALE
DE L'OUEST

www.ingramcontent.com/pod-product-compliance
Lightning Source LLC
LaVergne TN
LVHW012014220826
846092LV00001B/341

9782329042633